Dezember-Geschichten

Dezember-Geschichten

Ein Geschichten- und Bilderbuch nicht nur für die Weihnachtszeit
Zum Lesen und Vorlesen, Erzählen, Verweilen und Träumen
24 Geschichten vom 1. - 24. Dezember

Herausgegeben von
Peter Nüesch

Geschichten von
Peter Nüesch und Carmen Mayer

Illustriert von
Sibylle Beuttner

© 1991 by 3K-Verlag, Kösching

Fotosatz, Druck: Druckerei Hage GmbH, Kösching

Repro: Graf + Fraunholz, Augsburg

Bindung: R. Oldenburg, München

ISBN 3-924940-33-9

Inhalt

Das Königreich des Kalenders

Es gibt ein Königreich, von dem zwar jeder schon oft gehört hat, das aber trotzdem kaum einer kennt. Es trägt den Namen Jahr, ist dreihundertfünfundsechzig Tage groß und wird von zwölf Herrschern regiert. Alle haben einen eindrucksvollen Namen.

Da wäre zum Beispiel seine Majestät, König Januar der Erste. Oder König August der Achte. Oder sicher kennst du Prinz Juli, den Heißen, nicht zu vergessen Fürst März, den Frühlingshaften. Es ist ein sehr glückliches Königreich, denn jeder der zwölf Mächtigen beschert seinen Untertanen sein ganz besonderes Geschenk. Der eine bringt die Wiesen zum Blühen, der andere läßt die Äpfel und Birnen reif werden, einer schenkt den Kindern die langersehn-ten Schulferien, und noch einer verwandelt die Bäume in farbenprächtige Riesenblumensträuße.

Und so hätten sie eigentlich alle sehr zufrieden sein können, die Herrscher des Jahres und auch ihr Volk, wenn nicht der Herr Baron von November vor ungefähr einhundert Jahren plötzlich am letzten Tag seiner Regierungszeit auf eine recht merkwürdige Idee gekommen wäre. Er ließ nämlich im ganzen Reich verkünden, daß er nicht im Traum dran denke, den Thron für seinen Nachfolger, König Dezember, freizumachen.

„Meine Regierungszeit ist die scheußlichste im ganzen Jahr!" klagte der Baron. „Ständig ist es ungemütlich naß, kalt und neblig. Mal regnet es, dann schneit es wieder. Und was mich am meisten stört", fuhr der

Herr Baron fort, „ist die Tatsache, daß Seine Majestät, König Dezember der Festliche, gleich über drei der schönsten Feiertage regieren darf, während in meiner Regierungszeit kein einziges Fest stattfindet!"

Es wäre doch nun wirklich nicht zuviel verlangt, meinte der Herr Baron, wenn ihm König Dezember wenigstens die Tage bis Nikolaus abtreten würde, dann blieben ja immer noch Weihnachten und Silvester für ihn übrig.

Natürlich waren Seine Majestät, König Dezember der Festliche, mit diesem Vorschlag ganz und gar nicht einverstanden. Nicht umsonst hatte er den Beinamen „der Festliche" bekommen, und den wollte er auch behalten.

Außerdem hätten alle Kalender auf der ganzen Welt abgeändert werden müssen, weil dann der Monat November 36 Tage, der Dezember aber nur noch 25 Tage gehabt hätte.

Und so wäre es wahrscheinlich zu einem fürchterlichen Streit zwischen dem Herrn Baron und König Dezember gekommen, wenn sich die Geschichte nicht wie ein Lauffeuer unter dem Volk verbreitet hätte. Bald strömten viele Menschen in den Palast, junge und alte, und sie drängten sich in den Thronsaal, wo Baron von November sie zornig anschrie: „Was wollt ihr von mir? Ist es denn so schwer zu verstehen, wenn ich auch einen Tag haben will, auf den ihr euch freuen könnt?" „Aber, Herr Baron", sagte da eine Großmutter und machte einen tiefen Hofknicks,

„ich freue mich immer sehr auf den November. Das ist die Zeit, in der ich mir Gedanken mache, womit ich meinen Enkeln an Weihnachten eine Freude bereiten könnte. Und dann beschäftige ich mich den ganzen Monat lang nur noch mit Stricken, Häkeln und Basteln und denke nur noch ans Freudemachen."

„Ich freue mich auch auf den November", rief da ein Kind von ganz hinten, „da habe ich nämlich Geburtstag!"

„Ich auch!" ertönten da viele Stimmen wie aus einem Mund.

Und jeder wußte von einer Freude zu berichten, die ihm der November bringt. Baron von November, der sich plötzlich schrecklich schämte, wurde immer kleiner auf seinem Thron und wäre wohl am liebsten im Polster verschwunden. Dann aber faßte er sich ein Herz, erhob sich und sagte:

„Ich danke euch, daß ihr gekommen seid. Ich weiß jetzt, daß man immer einen Grund zur Freude haben kann, wenn man nur seine Augen und sein Herz aufmacht." In diesem Augenblick schlug die Palastuhr zwölf, und pünktlich wie immer begann die Regierungszeit Seiner Majestät, König Dezember des Festlichen. Und wenn du das nächste Mal auf einen Kalender schaust, dann fällt dir vielleicht diese Geschichte ein, und du erinnerst dich an den Baron von November, der etwas sehr Wichtiges gelernt hat. Worüber hast du dich denn eigentlich heute gefreut?

9

Die Spatzen vom Domplatz

Ein Tag im Advent. Nirgends auch nur eine Schneeflocke, keine Spur von einem eisigen Nordwind, der um die Häuser heult, keine Eisblume am Fenster und keine Rodelbahn am Berg. Dafür überall Menschen, die sehnsüchtig auf das warteten, was sie „Weihnachtsstimmung" nennen.

Oben auf dem Kirchturm saßen zwei Spatzen und sahen hinunter in die Straßen, wo alles hell erleuchtet war, und wo die Menschen geschäftig hin- und herliefen.

„Was machen denn die Leute da?" fragte der eine Spatz. „Sie kaufen Geschenke für Weihnachten", antwortete der zweite. „Und warum haben sie es so eilig?" wollte der erste Spatz wissen. „Weil es nicht mehr lange dauert bis zum Heiligen Abend", erklärte der zweite geduldig.

„Hat man ihnen das jetzt erst gesagt?" fragte der erste Spatz weiter.

„Aber nein, Weihnachten ist doch jedes Jahr am selben Tag", antwortete der zweite Spatz und zuckte die Schultern.

Der erste Spatz schaute ihn ungläubig an, öffnete den Schnabel - sagte dann aber doch nichts.

Ein dritter Spatz kam dazu.

„Die Menschen da unten sind merkwürdig. Wißt ihr, worüber sie schimpfen? Sie sagen, solange es nicht schneit, wäre nicht richtig Advent. Und wenn am Heiligen Abend kein Schnee liegt, sagen sie, ist nicht richtig Weihnachten. Versteht ihr das?"

Da kam ein vierter Spatz und setzte

sich zu den anderen. „Die Kinder sind ganz durcheinander", sagte er und plusterte sich dick auf. „Sie freuen sich so auf Weihnachten, und die Erwachsenen sagen, sie fänden keine weihnachtliche Stimmung, weil es nicht schneit. Das verstehen die Kinder nicht, versteht ihr das?"

Der zweite Spatz betrachtete nachdenklich die Leute da unten in den Straßen, dann meinte er:

„Man müßte einen Weg finden, um den großen Leuten zu sagen, daß Weihnachten anders ist als sie meinen. Vielleicht haben sie vergessen, warum sie dieses Fest feiern. Aber sie hören ja weder auf die Kinder noch auf uns." Die anderen nickten traurig mit ihren Köpfchen. „Man müßte ihnen sagen, daß sie sich ja schon viel früher Gedanken darüber machen könnten, womit sie anderen eine Freude machen wollen. Dann bliebe so viel Zeit für den Advent übrig, für die Kinder, für die alten Menschen. Sie könnten abends zusammensitzen und singen, beten, Geschichten erzählen und sich gemeinsam über diese wunderschöne Zeit freuen."

„Ja", meinte der dritte Spatz, „dann könnten sie Weihnachten vielleicht wieder wie damals erleben, als sie selber noch Kinder waren. Sie könnten die Glocken hören, die anders läuten als sonst. Sie könnten die Vorfreude auf das Fest in den Augen der Kinder sehen, Tannenzweige und Gewürze könnten sie riechen und fühlen, daß die Adventszeit auch heute noch voller Wunder ist."

„Genauso wie damals, als sie selber noch Kinder waren", wiederholte der erste Spatz. „Ja, das müßte man ihnen sagen." Und er seufzte tief. „Vielleicht würde ihnen dann auch wieder einfallen, warum sie eigentlich Weihnachten feiern", sagte der vierte Spatz, und es klang fast ein bißchen traurig. „Es sieht nämlich von hier oben fast so aus, als hätten es die meisten vergessen."

Ganz still saßen die vier oben auf dem Dom. Die großen Leute da unten taten ihnen leid, weil sie meinten, der Schnee wäre schuld, daß sie ihr „Weihnachtsgefühl" nicht fanden.

Es ist bis heute so geblieben, daß die Menschen keine Zeit mehr haben und deshalb ihre Weihnachtsfreude nicht finden. Sie müßten sich wieder jeden Tag im Advent über etwas freuen können - über den Abend, wenn die ganze Familie zusammensitzt, um eine Geschichte zu hören, über den Augenblick, wenn du kurz vor dem Einschlafen ein Gebet sprichst, über die Weihnachtsgeschichte, die jedes Jahr alle Menschen aufs neue erfreuen will, die an sie glauben - und ein kleines bißchen auch über dieses Buch, mit dem wir dir an jedem Tag im Advent ein paar Minuten Zeit schenken. Vielleicht werden es dieses Jahr mehr Menschen sein, denen wieder einfällt, woran es wirklich liegt, daß sie ihre Weihnachtsstimmung nicht finden, was meinst du?

13

Gebet

Ich danke dir, daß du mich liebst,
mir täglich tausend Dinge gibst.

Mich bei der Hand hältst Tag und Nacht,
und mich dein Engel stets bewacht.

Ich danke dir fürs Augenlicht,
für meine Beine, mein Gesicht.

Für meine Ohren dank' ich dir,
sie hör'n den Wind, und sagen mir:

Paß auf, ein Auto kommt daher!
Fürs Fröhlichsein dank' ich dir sehr.

Daß ich nie Angst zu haben brauch'
beim Schlafen, dafür dank' ich auch.

Für alle, die lieb zu mir sind
dank' ich dir und bin dein Kind.

Die Sternenfrau und die Schneerose

Vor vielen Jahren gab es irgendwo ein Land, in dem nur immer Sommer war. Die Pflanzen blühten das ganze Jahr über, immer gab es irgendwo Früchte, und niemand dachte daran, daß sich das eines Tages ändern könnte.

Doch irgendwann wurde es kühler, die Blätter färbten sich bunt und fielen schließlich ab, und bevor es richtig kalt wurde, verkrochen sich die Pflanzen in der Erde, so weit sie nur konnten.

„Die Menschen werden traurig sein, wenn es keine Blumen mehr gibt", dachte sich die Schneerose, und weil sie ein gutes Herz hatte, blieb sie tapfer stehen.

Eines Abends breitete die Sternenfrau - wie jeden Abend zuvor natürlich auch - ihren dunkelblauen Sternenmantel über dem Himmel aus und zündete das Mondlicht an. Da fiel ihr das Streichholz aus der Hand und genau neben die Schneerose. Die Sternenfrau bückte sich, um das Streichholz aufzuheben, da fiel ihr erst auf, wie verändert ringsumher alles war, und daß von all den vielen bunten Blumen nur diese eine weiße da übriggeblieben war.

„Das sieht aber traurig aus hier", sagte die Sternenfrau und schüttelte verwundert den Kopf. Sie bückte sich zu der Christrose hinunter und fragte: „Was ist denn hier passiert?"

„Es ist so kalt geworden", antwortete die Schneerose", daß sich die anderen in die Erde verkrochen haben, damit sie nicht erfrieren. Aber die Menschen hätten ja dann gar keine Blumen mehr, über die sie sich freuen könnten in dieser trostlosen Zeit. Und da habe ich es nicht übers Herz gebracht, mich auch zu verstecken."

Die Sternenfrau betrachtete die Blume und wollte dann wissen:

„Und wer bist du?"

„Ich bin eine Rose", antwortete die Schneerose fast ein wenig stolz.

Da mußte die Sternenfrau aber doch lachen.

„Eine Rose!" rief sie. „Nein, nein! Rosen kenne ich. Die sind rot, duften und haben Dornen. Aber du bist weiß, duftest überhaupt nicht, und Dornen hast du auch keine."

Da schämte sich die Schneerose ein bißchen und wurde noch weißer, als sie ohnehin schon war.

Die Sternenfrau merkte, daß sie etwas falsch gemacht hatte und sagte verlegen:

„Entschuldige bitte, ich wollte dir nicht wehtun. Kann ich dir irgendwie helfen?"

„Oh ja", bat da die Schneerose und nahm ihren ganzen Mut zusammen.

„Vielleicht kannst du mir ein Stückchen von deinem schönen, warmen Mantel leihen, wenn du ihn tagsüber nicht brauchst. Es ist so fürchterlich kalt, daß ich Angst habe, doch noch zu erfrieren."

Die Sternenfrau dachte ein bißchen nach und sagte dann:

„Gut, ich werde dir helfen. Morgen wirst du sehen, daß ich deine Freundin bin."

Sie streute der Schneerose in die Augen etwas Sand, den sie noch vom Sandmännchen hatte, und die Blume schlief ganz fest ein.

Dann schüttelte die Sternenfrau ihren Sternenmantel so fest, daß alle Sternchen abfielen und auf die Erde sanken. Es waren so viele, daß schließlich ein dicker, weicher Teppich daraus wurde, der die Erde sanft zudeckte. Als die Sternenfrau damit fertig war, nahm sie einen Pinsel, tauchte ihn in Regenbogenfarbe und malte in die Mitte der weißen Blütenblätter einen gelben Stern.

Als die Blume am anderen Morgen aufwachte, konnte sie gar nicht glauben, was sie sah: ein weißer Teppich aus lauter kleinen Sternchen bedeckte alles ringsherum, und es war warm darunter, damit keine Pflanze mehr frieren mußte.

Dann entdeckte die Schneerose den Stern, den die Sternenfrau auf ihre Blütenblätter gemalt hatte, und sie war sehr glücklich. Wenn du Glück hast, steht draußen im Garten eine weiße Blume im Schnee, mit einem gelben Stern in der Mitte. Jetzt kennst du ihre Geschichte - und wenn du dir die kleinen Schneeflöckchen ganz genau anschaust, siehst du, daß sie auch heute noch wie kleine Sternchen aussehen.

Sabine und der Schatz
der Schneekönigin

Sabine hatte in ihrem Märchenbuch die bunten Bilder angeschaut und sagte seufzend:

„In den Märchen kommt immer ein schöner Prinz und heiratet das arme Mädchen, und sie bekommt ein großes Königreich, und Gold und Silber und Edelsteine dazu. Papa, glaubst du, daß mich auch einmal ein Prinz heiratet?" Der Papa dachte einen Augenblick lang nach.

„Ich weiß nicht so recht", sagte er.

„Aber vielleicht kann ich eine Königin aus dir machen, und du wirst einen Schatz haben, wie keine Königin ihn jemals hatte."

Sabine schaute ihren Papa ungläubig an.

„Das glaube ich einfach nicht", sagte sie und lachte.

„Dann zieh' dich warm an, und ich zeige es dir", antwortete der Papa sehr ernsthaft. „Dein Königreich ist nämlich ausgesprochen kalt - ab sofort bist du die Schneekönigin."

Sabine hatte sich schnell angezogen und ging mit ihrem Papa erwartungsvoll hinaus.

„Und wo ist mein Reich?" fragte sie, nachdem sie sich ein bißchen enttäuscht umgesehen hatte.

„Schau dich nochmal genau um", bat der Vater. „Sieh nur, da drüben, sieht der alte Ziehbrunnen nicht aus wie ein Esel?" „Und die Hecke ist ein kleiner Elefant geworden! Und der Baum sieht aus wie eine dicke Marktfrau", rief Sabine vergnügt.

19

Es machte den beiden viel Spaß, sich im Reich der Schneekönigin umzusehen, denn der Schnee hatte aus den einfachsten Dingen die wunderlichsten Sachen gezaubert. Das Reich der Schneekönigin ist ein sehr fantastisches Reich, man muß nur richtig hinsehen.

Nach einer Weile fragte Sabine: „Mein Reich ist wirklich sehr lustig und schön, aber wo ist denn der Schatz, von dem du gesprochen hast?"

Sie ahnte schon, daß der Schatz der Schneekönigin auch etwas ganz Außergewöhnliches sein mußte, einfache Dinge gab es in den richtigen Königreichen ja schon genug, das wäre wirklich langweilig gewesen.

Der Papa ging wieder mit ihr zurück in den Garten. Dort huschte gerade ein Sonnenstrahl über die verschneiten Zweige einer Tanne, und die Schneeflocken glitzerten und glänzten wie ein Haufen richtiger Edelsteine. Überall funkelte der Schnee jetzt im Sonnenschein, schöner als alle Diamanten zusammen und so hell, daß Sabine die Augen zumachen mußte.

Natürlich! Der Schnee ist der Schatz der Schneekönigin!

„So einen wunderschönen Schatz hat niemand", sagte Sabine, „nicht einmal die Prinzessinnen in meinem Märchenbuch. Der ganze Winter ist eine richtige große Schatzkammer, nicht wahr, Papa?"

Dann legte sie ihre Arme um seinen Hals und fragte:

„Was ist, wenn der Schnee geschmolzen ist?"

„Dann warten wir einfach auf den nächsten", antwortete der Papa. „Du bist dann zwar keine Schneekönigin, aber meine kleine Prinzessin."

„Gut, und du bist so lange mein Schatz", lachte Sabine.

Ja, manchmal ist es überhaupt nicht wichtig, wirklich teure Dinge zu besitzen. Manchmal ist es viel wichtiger, die schönen Dinge mit den richtigen Augen zu sehen - und Kinder können das am allerbesten, was meinst du?

Der Osterhase

Ja, du hast ganz richtig gehört, diese Geschichte heißt wirklich „Der Osterhase". Jetzt fragst du dich natürlich mit Recht, was denn der Osterhase mit Weihnachten zu tun hat. Nun, das ist eine sehr merkwürdige Geschichte. Der Osterhase, Herr Langohr, seine Frau Emma und ihre beiden Kinder Stummel und Schwänzchen waren wie in jedem Winter gerade dabei, in einer tiefen, warmen Erdhöhle ihren Winterschlaf zu machen. Eng aneinandergekuschelt lagen sie auf dem herrlich duftenden Heu, das Herr Langohr im Sommer von einem Bauern bekommen hatte.

Was glaubst du, wieviel Arbeit im Frühjahr auf die Osterhasenfamilie zukommt, wenn es auf Ostern zugeht! Da muß man schon ausgeschlafen sein.

Und sicher hätte der Winterschlaf bis Mitte März gedauert, wenn nicht der Zufall es ganz anders gewollt hätte.

Da kam nämlich an einem sonnigen Tag mitten im Dezember eine Horde fröhlicher Kinder ausgerechnet auf die Wiese zum Spielen, unter der sich das Schlafzimmer der Familie Langohr befand.

Na, und dir brauche ich ja wohl nicht zu erzählen, was das für ein Krach ist, wenn zwanzig Kinder eine Schneeballschlacht machen.

So passierte denn auch, was du sicher schon geahnt hast: Emma Langohr, die einen leichten Schlaf hat, wurde als erste aus ihren Träumen gerissen. Dann rieb sich der Osterhase mit seiner rechten Pfote

21

verdutzt die Augen - so kurz war ihm noch kein Winterschlaf vorgekommen. Er fühlte sich noch so müde, als hätte er vielleicht gerade erst zwei Wochen geschlafen. Hatte er ja auch, nur konnte Herr Langohr das ja nicht wissen, denn normalerweise wacht man dann aus dem Winterschlaf auf, wenn die Frühlingssonne an die Schlafzimmertüre klopft. Und geklopft hatte es diesmal auch, nur war es nicht die Sonne, sondern die Schneebälle der spielenden Kinder. Nun denn, ob müde oder nicht, es hieß aufstehen und sich an die Arbeit machen. Die Farben mußten gemischt werden, neue Muster entworfen, dann die Eier eingesammelt, bemalt, bespritzt, verziert und versteckt werden - und das alles in nur zwei Wochen!

Stummel und Schwänzchen mußten ziemlich lange gerüttelt werden, bis sie einigermaßen wach waren. Erst, als ihnen die Hasenmutter zwei herrlich duftende, rote Karotten vor die Stupsnasen hielt, hopsten auch die beiden aus ihrem warmen Nest.

Als später die ganze Familie aus der Höhle ans Licht kam, wunderten sie sich erst ein bißchen, daß noch so viel Schnee auf den Wiesen lag. Aber Herr Langohr hatte in seinem langen Osterhasenleben schon manche weißen Ostern erlebt, und so war das eigentlich nichts Besonderes.

Nur konnte er sich nicht daran erinnern, daß es schon mal so bitter kalt gewesen wäre. Trotz des dicken Winterpelzes spürten sie den eisigen Wind bis auf die Haut, aber da so viel Arbeit auf sie wartete, hatten sie keine Zeit, sich darüber zu wundern. Wie sie dann dabei waren, auf den Hühnerhöfen die vielen Eier zu sammeln, beobachteten sie verwundert, wie die Menschen Tannenbäume aus dem Wald holten, was sie sich gar nicht erklären konnten. Tannenbäume zu Ostern?

Dann war er endlich da, der größte Tag für die Familie Langohr, Ostern, oder besser gesagt, was sie für Ostern hielten - denn eigentlich war es ja der Weihnachtstag. Aber das wußte unsere arme Osterhasenfamilie immer noch nicht.

In jedes Haus brachten sie die herrlich bemalten, bunten Ostereier, versteckten sie im Garten unter verschneiten Büschen, im Schuppen hinter den Fahrrädern, auf dem Balkon im Blumentopf oder im Kinderzimmer in der Spielzeugkiste. Und immer, wenn die Osterhasen in einem Haus ins Wohnzimmer kamen, begegneten sie dort den Tannenbäumen wieder. Nur waren diese jetzt vollgesteckt mit Kerzen und mit bunten Kugeln und glitzernden Fäden behangen. Stummel und Schwänzchen waren ganz aus dem Häuschen vor Begeisterung über diese Pracht, aber der Osterhase kratzte sich hinter seinem Ohr und dachte sich: Diese Menschen müssen sich doch immer was Neues ausdenken. So ein Baum hätte doch viel besser zu Weihnachten gepaßt als jetzt zu Ostern. Weiter konnte er nicht denken, denn draußen vor der Wohnzimmertüre hörte er die Stimmen der Kinder, die sich auf die Bescherung freuten.

Kannst du dir die Überraschung vorstellen, als sie unter dem Weihnachtsbaum bunte Ostereier fanden? Und das war das Komischste, sie fanden nur Ostereier, von Weihnachtsgeschenken keine Spur!

Was war geschehen?

Das will ich dir gerne verraten: Die Osterhasenfamilie ist zwar viel zu früh aufgewacht, aber zum Glück, wie ich meine - denn: stell' dir vor, der Weihnachtsmann hatte verschlafen!

Diese Geschichte ist hier eigentlich zu Ende. Sie geht aber bestimmt dann weiter, wenn der Weihnachtsmann irgendwann im Januar aufwacht und merkt, daß Weihnachten längst vorbei ist. Was dann passiert - dazu kannst du dir am besten selbst eine Geschichte ausdenken ...

Christiane und der Nikolaus

Wie du sicher weißt, hat der Nikolaus jedes Jahr an seinem Geburtstag viel zu tun, und damit er nichts und niemand vergißt und außerdem rechtzeitig fertig wird, helfen ihm einige kleine Engel dabei. Einmal ist ihm aber doch etwas passiert - und das erzähle ich dir heute.

Im vergangenen Jahr stieg der Nikolaus wie immer am Nikolaustag auf seinen fertig bepackten Schlitten und rutschte auf einem Mondstrahl hinunter, direkt in unsere Stadt. Zusammen mit seinen himmlischen Helfern besuchte er jedes Haus und füllte die Schuhe, die man vor die Türen gestellt hatte. Große und kleine, braune, rote, weiße und blaue, und deine natürlich auch. Als er gerade das letzte Lebkuchenherz in einen besonders hübschen und blank-geputzten Schuh gesteckt hatte, kam einer seiner kleinen Helfer zu ihm. Der hatte vor lauter Aufregung ganz rote Backen, und er sagte fast atemlos: „Nikolaus! Nikolaus! Wir haben zwei Kinder vergessen! Was machen wir denn jetzt?"

Der Nikolaus erschrak ganz fürchterlich und hätte sich fast in den Schirmständer gesetzt, der hinter ihm stand.

„Das verstehe ich nicht!" rief er. „Wie hat uns denn das nur passieren können!?" „Pssssst!" machten da die Engelchen und hielten sich den Zeigefinger vor die Lippen. Wenn der Nikolaus nämlich vergißt, daß er eigentlich ganz leise sein muß, um ja niemand aufzuwecken, dann ist seine Stimme schon sehr laut. Fast wie die vom alten Knecht Ruprecht.

Schnell hielt er sich den Mund zu - aber es war schon zu spät. Die Türe vom Kinderzimmer öffnete sich vorsichtig, und ein verschlafenes Kindergesichtchen schaute heraus.

Dem Nikolaus tat es natürlich sehr leid, daß er ein Kind aufgeweckt hatte. Das hatte er bestimmt nicht gewollt. Jetzt stand die kleine Christiane da in der Türe, im Nachthemdchen, mit nackten Füßchen und ihrem Teddy unterm Arm, und rieb sich die Augen.

Der Nikolaus kam zu ihr und hob sie vorsichtig hoch.

„Entschuldige, daß ich dich geweckt habe", sagte er und paßte jetzt aber sehr auf, daß er nicht wieder so laut redete.

„Warum warst du denn so laut?" fragte Christiane und hielt ihren Teddy vorsichtshalber ganz fest, falls der sich vielleicht zu fürchten begann. „Ja, das ist eine dumme Geschichte", antwortete der Nikolaus. „Vor einer Woche sind zwei Kinder hier in diese Straße gezogen, und ich habe vergessen, ihre Adressen zu ändern. Jetzt haben wir nichts mehr für die beiden." Christiane schaute den Nikolaus an und schüttelte vorwurfsvoll den Kopf.

„Da mußt du aber nächstes Mal besser aufpassen", sagte sie.

„Das verspreche ich dir", sagte der Nikolaus. „Aber nächstes Mal ist nicht dieses Mal, und dieses Mal habe ich nichts mehr." Christiane hatte das sehr gut verstanden: Sie kannte das, wenn sie manchmal ihre Bonbons teilen wollte und sich verzählt hatte. Wenn dann am Schluß jemand zu wenig oder vielleicht sogar gar nichts mehr bekam... Da fiel ihr etwas ein.

„Weißt du was?" fragte sie den Nikolaus und strahlte vor Freude. „Wenn mir sowas mit meinen Bonbons passiert, dann verteile ich eben meine eigenen an die Kinder, die zu kurz gekommen sind."

Der Nikolaus schüttelte bedauernd den Kopf.

„Das ist wirklich eine gute Idee, Christiane", sagte er. „Aber ich habe ja nichts mehr dabei, was ich mit den Mädchen teilen könnte!"

„Pssssst!" machten die Engel, weil er wieder viel zu laut redete, und auch Christiane hatte ihm schnell den Finger auf den Mund gelegt.

„Dann teile ich mit ihnen", flüsterte sie. „Meine Sachen sind ja alle noch da, und niemand weiß etwas davon."

Der Nikolaus hätte fast laut gelacht, so freute er sich über diesen Gedanken, aber er räusperte sich nur und sagte dann:

„Wenn du das könntest, würdest du mir sehr helfen. Vielleicht kann ich dir dann was anderes schenken, sobald ich die Möglichkeit habe, wieder in meine Wohnung zurückzukehren."

Er brachte Christiane in ihr Zimmer, legte sie in ihr Bettchen und deckte sie sorgfältig zu. Christiane kuschelte sich unter ihr Deckbett und schlief gleich ganz fest ein. Der Nikolaus legte den Teddy neben sie und ging dann ganz, ganz leise hinaus.

Am nächsten Morgen sagte die Mama zu Christiane:

„Das ist merkwürdig: der Nikolaus hat dir nur ein winziges Lebkuchenherz gebracht. Das verstehe ich nicht."

Aber Christiane verstand es. Und als sie einen Tag später abends in ihr Bettchen ging, entdeckte sie neben sich auf dem Nachttisch ein silbernes Kästchen, das sie noch nie vorher gesehen hatte.

Schnell lief sie zum Fenster und schaute zum Himmel hinauf, denn sie konnte sich schon denken, wer das Kästchen da hingestellt hatte.

Sie nahm es in die Hand und probierte den Deckel aufzumachen - aber er ging und ging nicht auf. Schließlich schlief sie ein. Und weißt du, was geschah? Das Kästchen öffnete sich mit einem hellen Ton ganz von selbst, und ein wunderschöner Traum von zahmen Tieren, Prinzen und Prinzessinnen und buntem Spielzeug kam heraus.

Christiane nahm von da an das Kästchen jeden Abend mit in ihr Bett, und es waren noch viele hundert Träume für sie drin, einer für jede Nacht.

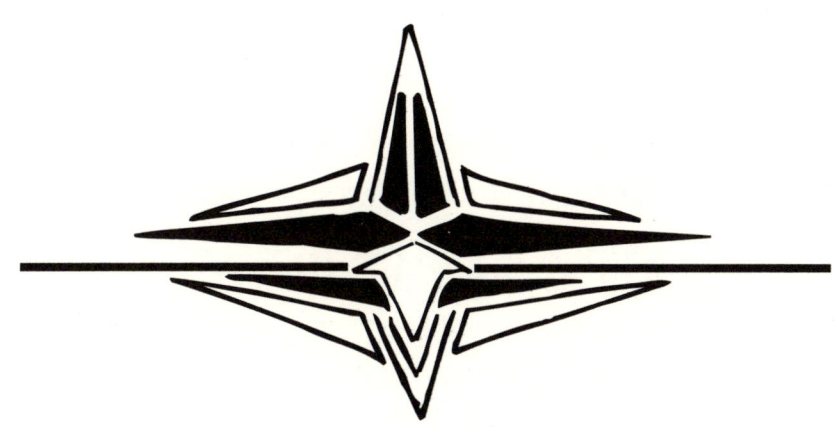

Der Winter im Karton

Eines Tages kam das Fräulein in den Kindergarten und erzählte ihrer Gruppe, daß sie einen Brief bekommen habe. Die Kinder wollten natürlich gerne wissen, was da in dem Brief stand, und das Fräulein las ihn vor.

„Liebe Kinder!" stand da. „Wir sind hier siebenunddreißig Kinder in einem ganz kleinen Kindergarten mitten in Australien. Bei uns ist manches ein bißchen wie bei Euch, die Spiele zum Beispiel und die Lieder, die wir singen. Aber etwas ist anders, bei uns hier ist nämlich niemals Winter. Eigentlich macht uns das nichts aus, das kennen wir gar nicht anders. Aber immer so um Weihnachten herum erzählen uns die älteren Leute, wie es bei Euch in Europa aussieht, wo an Weihnachten Schnee liegt, wo der Weihnachtsmann mit dem Schlitten kommt und die Menschen sogar traurig sind, wenn es nicht geschneit hat, weil das dazugehört. Es ist schwer, den Kindern hier zu erklären, wie der Winter in Europa aussieht, und viele werden ja nie so weit reisen, um dort Weihnachten zu erleben, wie Ihr es kennt."

Bis dahin las das Fräulein den Brief vor. Die Kinder saßen im warmen Gruppenraum, die Kerzen brannten auf dem mittleren Tisch, und draußen schneite es, daß alles ganz langsam unter einer weißen Decke verschwand. Die Kinder konnten sich das gar nicht so recht vorstellen: immer warm? Immer Sonne, auch mitten im Winter?

Sie hatten gut verstanden, daß die Kinder in diesem australischen Kindergarten wissen wollten, wie das bei ihnen jetzt aussah, so kurz vor Weihnachten, und hatten auch gute Ideen. Sie wollten Bilder malen mit Schnee drauf und mit dem Weihnachtsmann auf seinem Schlitten. Sie wollten den verschneiten Wald malen, den Christkindlmarkt, den Rodelberg und die Langläufer drüben auf den Feldern. Und dann kam ihnen noch ein Gedanke.

„Wir können den Kindern in Australien ja von unserem Schnee schicken", sagte der Benjamin und freute sich, daß ihm so etwas Hübsches eingefallen war.

Das Fräulein schaute die anderen an.

„Was meint ihr dazu: ist es möglich, Schnee zu verschicken?" Gemeinsam schauten sie sich auf der großen Weltkarte an, wo Australien liegt, und Benjamin schüttelte den Kopf.

„Das ist aber sehr weit, da schmilzt ja unser schöner Schnee, bis er ankommt."

Damit hatte er natürlich recht, denn der Karton, in dem der Schnee verpackt sein müßte, wäre mindestens drei Wochen unterwegs, bis er mitten in Australien ankäme, und bis dahin wäre der Schnee längst zerlaufen, und die Kinder bekämen nur noch eine nasse Schachtel.

Aber der Florian, der Freund von Benjamin, hatte eine andere Idee.

„Wir können den Kindern schon Schnee schicken, aber wir müssen ihn selber machen."

Er erklärte dem Fräulein, daß sie alle zusammen aus weißem Papier Schneeflocken ausschneiden könnten, und die könne man ja mit der Post schicken, ohne daß sie zerlaufen.

Das fand das Fräulein auch. Und so kam es, daß die Kinder tagelang damit beschäftigt waren, Winterbilder zu malen, Schneeflocken auszuschneiden und Schneeglöckchen zu falten. Als alles fertig war, packten sie es gemeinsam in einen Karton, den das Fräulein beschriftete, und brachten ihn zusammen mit ihr zur Post.

So also kam der Winter im Karton nach Australien. Und einen Tag vor den Weihnachtsferien hatte das Fräulein wieder einen Brief dabei, den sie den Kindern vorlas.

„Liebe Kinder! Ihr könnt Euch gar nicht vorstellen, wie überrascht Eure kleinen Freunde hier waren, als der Postbote ihnen gestern Euer Paket brachte. Sie haben sofort die wunderschönen Winterbilder an die Wand gehängt und die Schneeflocken an die Fenster. Wenn wir jetzt die Rollos schließen, sieht es hier wirklich aus wie im Winter. Die Kinder danken Euch ganz herzlich für Eure Mühe, und wenn die Weihnachtsferien um sind, die bei uns jetzt auch beginnen, dann wollen sie für Euch malen, wie es hier in Australien aussieht, während Ihr in dicken Jacken und mit Mützen und Handschuhen durch den Schnee lauft."

Wenn es bei euch dieses Jahr im Winter nicht so recht schneien will, dann erinnere dich doch an diese Geschichte mit dem Winter im Karton und bastle dir deine eigenen Schneeflocken. Vielleicht zeigt dir auch die Mama oder der Opa oder das Fräulein im Kindergarten, wo Australien liegt.

Das Märchenbuch

Vor einiger Zeit - es war so wie heute ein ganz normaler Tag kurz vor Weihnachten - lag bei einer gewissen Frau Sausewind ein neues Buch auf der alten Kommode im Flur. Es war ein prachtvolles Märchenbuch mit ledernem Einband, goldenen Buchstaben und vielen bunten Bildern. Frau Sausewind hatte es gekauft, um damit am Weihnachtsabend ihren Enkel Fridolin zu überraschen. Sicher hätte sich Fridolin sehr über das Buch gefreut, denn er liebte nichts so sehr, als im Wohnzimmer auf dem Teppich zu liegen und den Kopf in Märchenbücher zu stecken.

Es wäre also alles in bester Ordnung gewesen, wenn nicht etwas Merkwürdiges passiert wäre.

Da lag nun das Märchenbuch tagelang auf der alten Kommode bei Frau Sausewind, die vor lauter Weihnachtsplätzchenbacken keine Zeit hatte, das Buch als Geschenk einzupacken. Die Märchen im Buch fanden es langsam komisch, daß niemand sie lesen wollte, denn dazu sind Geschichten schließlich da. Außerdem war mit der alten Kommode nicht gut Kirschen essen. Bei jedem Versuch, sich mit ihr zu unterhalten, knackste sie nur verächtlich. Wahrscheinlich hielt sie sich für etwas Besseres, wurde sie doch vor über hundertsechzig Jahren für einen wichtigen Grafen gezimmert, und sprach, wenn überhaupt, nur noch mit Majestäten, aber doch nicht mit gewöhnlichen Märchen.

Diese langweilten sich von Tag zu Tag mehr, und eines Morgens wurde es ihnen zu dumm.

Wenn keine Kinder zu uns kommen, um uns zu lesen, müssen wir eben zu den Kindern gehen. So dachten sie und beschlossen, sich auf die Suche nach Mädchen und Jungen zu machen, die gerne Märchen mögen.

Was jetzt geschah, das kann man sich kaum vorstellen. Die ganzen Märchenfiguren kletterten zwischen den ledernen Buchdeckeln heraus auf die Kommode. Da war die zauberhafte Prinzessin aus dem Tulpenland, die ein Kleid trug, das aus Hunderten von roten Tulpen gewebt war. Hinter ihr erschien pfeifend ein frecher, pausbäckiger Junge. Er kam geradewegs von Seite vierzehn aus dem „Märchen vom kleinen Seppel, der drei Väter haben wollte."

Was sich da noch alles aus dem Buch zwängte! Es war unbeschreiblich: Könige, Zauberer, eine Meerjungfrau, ein grün-blau gestreifter Elefant, Prinzen und viele andere Märchenfiguren, bis schließlich kein freies Plätzchen mehr auf der Kommode zu finden war.

Wie aber kamen sie nun auf den Boden? Das Möbel war viel zu hoch, und an Runterspringen war gar nicht zu denken. „Vielleicht", meinte die Prinzessin aus dem Tulpenland, „könnte man aus den Schubladen der Kommode eine Treppe machen!"

„Eine gute Idee, schöne Prinzessin", riefen alle durcheinander, und, obwohl die Kommode wegen dem lauten Schmatzen der Holzwürmer fast nichts mehr hörte, hatte sie doch das Wort „Prinzessin" verstanden.

Als sie dann auch noch Könige und Prinzen sah, da mußte sie einfach helfen.

Ächzend und knarrend öffnete sie eine Schublade nach der anderen. Die oberste nur ein bißchen, die zweite etwas mehr und so weiter, bis schlußendlich eine fast königliche Treppe entstand, über die nun alle Märchenfiguren glücklich den Boden erreichten.

Nachdem sie sich höflich bedankt hatten, verschwanden sie durch ein halboffenes Küchenfenster hinaus in die Nacht, auf der Suche nach Kindern, von denen sie gelesen und geliebt werden wollten.

Am darauffolgenden Morgen fiel Frau Sausewind plötzlich ein, daß sie vergessen hatte, das Geschenk für ihren Enkel Fridolin einzupakken. Dummerweise hatte sie auch vergessen, wo sie es hingelegt hatte und begann zu suchen. In der Küche unter den Kochbüchern, im Schlafzimmer, im Flur; dabei stolperte sie über die noch immer geöffneten Schubladen der Kommode und landete mit der Nasenspitze mitten auf dem Märchenbuchdeckel.

„Da ist es ja!" freute sich Frau Sausewind und wußte nicht, ob sie sich nun den schmerzenden Fußknöchel oder die angestupste Nasenspitze reiben sollte. Aber noch etwas kam ihr seltsam vor: sie konnte sich beim besten Willen nicht daran erinnern, sämtliche Schubladen der Kommode geöffnet zu haben. Da stimmte doch irgendetwas nicht.

In diesem Augenblick bemerkte

Frau Sausewind, daß alle Seiten des Märchenbuches leer waren, weiß, schneeweiß, keine Buchstaben, keine Bilder - nichts war zu sehen.

Da muß etwas in der Druckerei schiefgegangen sein, dachte sich Frau Sausewind, nahm Hut und Mantel, steckte das leere Buch in eine Tasche und machte sich sofort auf den Weg, um es in der Buchhandlung umzutauschen.

Und jetzt stell dir vor: während Frau Sausewind mit dem Bus in die Stadt fuhr, kamen die Märchen wieder in ihr Haus, um in das Märchenbuch zurückzusteigen. Sie hatten zwar viele Kinder getroffen, aber sie hatten auch gemerkt, daß sie nur gelesen werden können, wenn sie in einem Buch stehen.

Aber, oh Schreck! Das Buch war nicht mehr da! Es war verschwunden.

Was sollten die Märchen denn machen, es blieb ihnen nichts anderes übrig, als ohne Buch weiterzuleben.

Und seither gibt es Märchen nicht nur in Märchenbüchern, sondern überall auf der ganzen Welt. Du mußt nur die Augen und Ohren offenhalten, vielleicht begegnest du ihnen eines Tages.

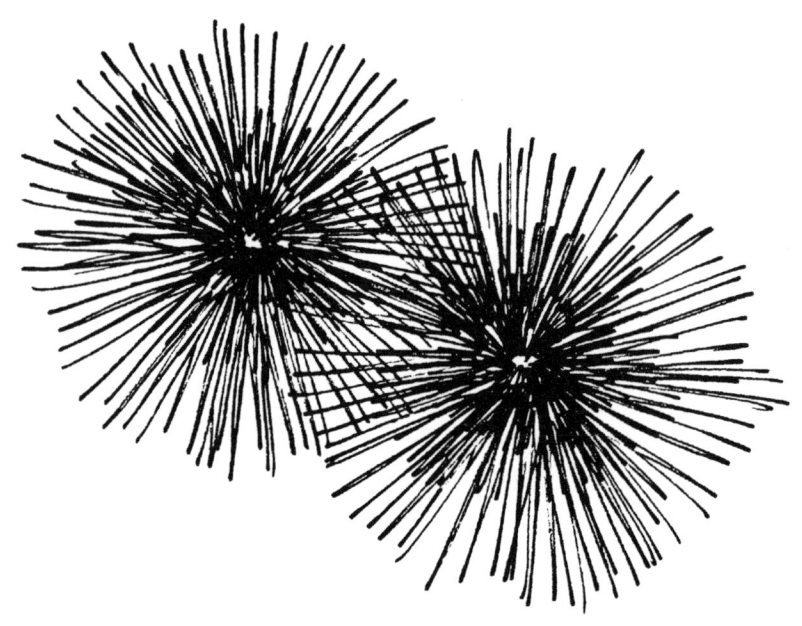

Die Gewürzkuchengeschichte

Sicher weißt du, daß es nicht immer Autos, elektrisches Licht, Waschmaschinen, Hochhäuser und Supermärkte gegeben hat. Damals gingen die Leute noch meistens zu Fuß, und nur wenige hatten ein Pferd oder sogar eine Kutsche. Abends zündeten sie Kerzen an, und die Frauen wuschen die ganze Wäsche von Hand.

In dieser Zeit gab es auch eine kleine Stadt, in der die Menschen ganz und gar aufgehört hatten, miteinander zu sprechen. Seltsam, nicht? Stell dir vor, keiner redet mehr mit dem anderen. Und weißt du warum? Weil jeder neidisch auf jeden oder böse mit ihm war - nur wußte schließlich keiner mehr, warum eigentlich, aber niemand wollte der erste sein, der wieder zu sprechen begann.

In dieser Stadt hatte ein netter alter Mann den einzigen Kaufladen weit und breit, in dem er das ganze Jahr über Mehl, Zucker, Salz, Fische, Kaffee und Gemüse verkaufte. Die Leute kamen herein, zeigten auf das, was sie haben wollten, und er schrieb ihnen auf, wieviel Geld sie dafür bezahlen mußten. Aber der alte Mann wollte nicht, daß die Leute nicht miteinander sprachen, nur fiel ihm einfach nichts ein, womit er das ändern konnte.

Kurz vor Weihnachten kamen wieder einmal an einem Montag frische Waren aus der Stadt, die viele Kilometer entfernt lag. Und wie in jedem Jahr in der Adventszeit auch die Gewürzkuchen, die die besten der Welt waren, und auf die sich Kinder und Erwachsene schon lange freuten.

Gerade, als der alte Mann die Gewürzkuchen in sein Schaufenster legen wollte, kam ihm eine Idee. Schnell sammelte er sie alle wieder ein und brachte sie in seinen Vorratsraum.

Zunächst passierte gar nichts. Aber nach ein paar Tagen standen die Kinder erwartungsvoll am Schaufenster - aber sie drückten sich die Nasen umsonst platt, da lagen keine Gewürzkuchen. Die Erwachsenen versuchten, dem alten Mann mit den Händen zu zeigen, was sie haben wollten, aber der tat so, als verstünde er sie nicht. Sie schrieben ihm auf, daß sie Gewürzkuchen kaufen wollten, aber er tat so, als wären seine Augen zu schlecht zum Lesen. Weihnachten rückte immer näher, und die Leute und die Kinder hätten sehr gerne Gewürzkuchen von dem alten Mann gehabt, aber der schien einfach nicht zu begreifen, was sie von ihm wollten.

Eine Woche vor Weihnachten wurde es den Leuten dann doch zu bunt.

Und schließlich kamen sie in den Laden und fingen an, mit dem alten Mann zu schimpfen, weil er keine Gewürzkuchen da hatte.

Der alte Mann stand hinter seinem Ladentisch, strich sich über seinen weißen Bart und lächelte.

„Gewürzkuchen wollt ihr haben?" fragte er ganz ruhig. „Natürlich habe ich Gewürzkuchen da. Warum habt ihr denn nichts gesagt?"

Da merkten die Leute auf einmal, wie dumm sie gewesen waren. Der alte Mann aber lachte und ging in den Lagerraum, um seine Gewürzkuchen zu holen. Als er in seinen Laden zurückkam, standen dort die Leute und lachten und redeten und hatten sich sehr viel zu erzählen. In diesem Jahr schmeckten die Gewürzkuchen noch viel besser als sonst, und sie fehlten in keinem Haus. Sie haben aber auch wirklich hübsch ausgesehen, wie lauter kleine Weihnachtsmänner. Und wenn man ganz genau hinsah, auch ein kleines bißchen wie der alte Mann.

Eine Zwergengeschichte

Vielleicht weißt du, daß es Wälder gibt, in denen heute noch Zwerge wohnen. Sie haben Höhlen unter den Bäumen, und sie leben fast wie wir Menschen. Aber, wie gesagt, nur fast. Sie können nämlich noch richtig mit Tieren sprechen, und sie haben viele kleine Geheimnisse, von denen kein Mensch etwas ahnt.

Es gibt Kinder, die manchmal ihre Fußspuren sehen, im Schnee zum Beispiel. Aber ich kenne kein Kind, das jemals wirklich einen Zwerg gesehen hat. Vor ein paar Tagen nun kam ein Freund zu mir und erzählte, daß er sich im Wald verlaufen und schließlich irgendwohin gesetzt hätte, um sich erst einmal umzusehen.

Dieser Freund kennt viele schöne Geschichten, und die Kinder sitzen oft bei ihm und hören ihm zu, wenn er etwas erzählt.

Wie er nun so mitten im Wald saß und nachdenklich die verschneiten Bäume und die zugewehten Sträucher betrachtete, zupfte ihn jemand an der Jacke. Zuerst sah er niemand, aber weil er gewöhnt ist, daß manchmal ganz kleine Kinder bei ihm sitzen, hat er nach unten geschaut und ein kleines Männchen entdeckt, das ein blaues Kittelchen an hatte und eine rote Zipfelmütze auf dem Kopf, die fast so groß war wie der ganze kleine Kerl. Das Männchen trug eine blaue Hose und warme Stiefelchen und zog einen kleinen Schlitten hinter sich her. „Ich kenne dich", sagte das Männchen und winkte meinen Freund zu sich herunter. „Du bist der Peter, der den Kindern immer so schöne Geschichten erzählt. Ich heiße auch Peter."

Der große Peter sah den kleinen Peter erstaunt an und wußte nicht so recht, was er sich denken sollte. Auch Geschichtenerzähler erleben so etwas nicht jeden Tag.

„Ich kenne viele Geschichten, die du noch nicht kennst", sagte der kleine Peter. „Wenn du willst, erzähle ich dir eine."

Natürlich wollte der große Peter, denn manchmal gehen auch einem guten Geschichtenerzähler die Geschichten aus.

Der kleine Peter rückte seine Zwergenmütze gerade, und im Nu war der große Peter ganz klein und stand neben dem kleinen Peter im Schnee.

Sie gingen ein Stück nebeneinander her, und der kleine Peter sagte: „Wir Zwerge feiern Weihnachten fast wie die Menschen. Wir holen uns ein Bäumchen aus dem Wald und schmücken es. Wir putzen unsere Stuben blitzblank, und am Heiligen Abend treffen wir uns bei unserem Zwergenältesten. Wir singen miteinander, und jeder erzählt eine lustige Geschichte, und zum Schluß bekommen alle ein kleines Geschenk."

Der kleine Peter sah den großen Peter, der jetzt eigentlich auch ein kleiner Peter war, geheimnisvoll an.

„Was hast du denn im letzten Jahr zu Weihnachten bekommen?" fragte der Zwergenpeter den Menschenpeter.

„Einen dicken Schal, rote Handschuhe, ein kleines Radio..." begann dieser aufzuzählen.

Da lachte der Zwergenpeter so herzlich, daß sein Begleiter mitlachen mußte. „Ihr Menschen seid wirklich sehr komisch", prustete er schließlich, „das sollen Weihnachtsgeschenke sein? Willst du wissen, was für Geschenke es bei den Zwergen gibt?"

Natürlich wollte der große Peter, der jetzt ein kleiner Peter war, wissen, was Zwerge sich schenken.

„Ich habe meinem Freund eine Sternschnuppe geschenkt", begann der Zwergenpeter, „und meiner Freundin einen Sonnenstrahl. Der Zwergenmutter habe ich eine Handvoll Glücklichsein geschenkt und dem Zwergenvater eine Prise Fröhlichkeit. Der Zwergenälteste hat den siebenundzwanzigsten Januar bekommen und die Zwergenkinder einen Regenbogen."

Der Zwergenpeter schaute seinen Freund stolz an. Und der war ganz nachdenklich geworden.

Inzwischen waren die beiden am Waldrand angekommen, und der große Peter, der noch immer klein war, erkannte seinen Heimweg wieder.

„Bald ist Weihnachten", sagte der Zwergenpeter. „Deshalb habe ich dir deinen Nachhauseweg geschenkt."

Er rückte wieder ein wenig an seiner Zwergenmütze, und schwuppdiwupp war der große Peter wieder wirklich groß. Der kleine Peter aber war verschwunden.

Und weißt du, was mir der große Peter, der Geschichtenerzähler, zu Weihnachten geschenkt hat? Du hast es fast erraten: vier Minuten Donnerstag und eine rosarote Wolke.

Und ich habe ihm das Sternchen am Himmel oben links geschenkt und diese Geschichte.

Florians Geschenk

Kurz vor Weihnachten wird in Florians Familie gebastelt, gestrickt, gehämmert. Florian schaut ein bißchen verwundert zu. Schließlich klettert er auf Mamas Schoß und fragt:

„Was machst du denn da?"

„Ich häkle etwas für Tante Monika", erklärt ihm die Mama. „Das schenke ich ihr dann an Weihnachten."

Florian versteht das nicht.

„Kommt denn das Christkind nicht zur Tante Monika?" fragt er die Mama.

Die muß lachen.

„Du, so genau weiß ich das nicht. Aber ich jedenfalls möchte ihr halt auch eine Kleinigkeit schenken, weil sie immer auf dich aufpaßt, wenn ich mal weg muß, und weil ich sie sehr gern mag."

Das ist für Florian wirklich ein guter Grund für ein Geschenk.

Abends im Bett muß er ganz fest nachdenken. Er mag die Mama ja auch sehr gern, und aufpassen tut sie eigentlich immer auf ihn, nicht nur, wenn die Tante Monika gerade nicht da ist. Er möchte der Mama auch etwas zu Weihnachten schenken. Aber was denn nur? Ein Bild malen? Nein. Er hat der Mama schon so viele Bilder gemalt, das ist kein richtiges Geschenk, wie er es sich vorstellt. Und häkeln kann er auch nicht, dafür ist er noch viel zu klein. Bevor er einschläft, hat er aber doch noch eine Idee, und am nächsten Morgen kann er es kaum erwarten, bis er endlich im Kindergarten ist. Dort bittet er das Fräulein um Goldpapier und eine Schere und bastelt dann ganz allein an einem Tisch ein Geschenk für seine Mama. Er erzählt niemandem etwas davon, nicht einmal der Mama, obwohl er der eigentlich alles erzählt. Nur das Fräulein darf ihm einmal helfen, als er nicht ganz klar kommt mit seiner Arbeit.

Dann ist Heiliger Abend. Florian freut sich sehr auf das Fest, er darf der Mama ein bißchen in der Küche helfen, die Vögel im Garten füttern, den Tisch decken. Er geht ganz glücklich zwischen der Mama und dem Papa in die Kindermette, und heimlich erzählt er dem Jesuskind da vorne in seiner kleinen Krippe von seinem Geheimnis. Florian singt mit den Großen die Weihnachtslieder mit, die er mit der Mama gelernt hat, und geht, nein, hüpft vor Freude den ganzen Heimweg. Dann endlich ist es soweit. Florian darf der Mama sein Geschenk überreichen. Er hat es selber eingepackt und die Schleife gebunden. Die Mama packt es auch ganz vorsichtig aus. In dem Papier mit den Glaskugeln vorne drauf liegt ein wunderschöner Stern aus Folie. Vorne golden und hinten rot. Den hat Florian selber gebastelt. Die Mama nimmt ihren Jungen ganz fest in die Arme. Sie freut sich und lacht. Und weißt du was? Der Florian hat sich auf einmal gedacht, daß es noch viel schöner ist, jemand etwas zu schenken, das er ganz allein gemacht hat, als einen richtigen Berg Geschenke zu bekommen.

„Tante Monika freut sich bestimmt jetzt genauso", sagt er zur Mama. „Bestimmt", antwortet die Mama. Es ist nämlich nicht so wichtig, viele teure Sachen zu verschenken. Viel schöner ist es, eine Kleinigkeit zu verschenken, die aber mit viel Liebe nur für diesen einen Menschen gemacht ist.

Das weiß der Florian. Und du?

Die Legende vom Esel

Als ich letztes Jahr meine Weihnachtskrippe aufbaute, vermißte ich den Esel, der doch auch in den Stall hineingehört. Schließlich fand ich ihn auf dem Speicher ganz unten im Karton, wo ich ihn wohl in der Holzwolle übersehen hatte. Ich mußte ihm ein Bein wieder ankleben, das ihm abgebrochen war, und während der Klebstoff trocknete, überlegte ich mir, warum eigentlich im Stall von Bethlehem ein Esel gestanden hatte. Da fiel mir eine alte Legende ein, die ich gehört habe, als ich selber noch ein kleines Kind war. Und die geht so:

In einem Dorf gab es einmal einen alten Esel, den keiner mehr brauchen konnte. Er war nämlich krank, sein Rücken und seine Beine waren zu schwach für die Lasten der Kaufleute geworden, und so stand er meistens am Straßenrand und döste vor sich hin.

Eines Tages wurde es sehr laut in dem kleinen Ort, weil viele Fremde kamen, die alle irgendwo übernachten wollten. Dem Kaiser Augustus war nämlich der Gedanke gekommen, daß er überhaupt nicht wisse, wieviele Menschen zu seinem Reich gehörten, und um das genau zu erfahren, ließ er sie zählen. Dazu mußte jeder in den Ort reisen, aus dem er stammte, um sich beim Bürgermeister in ein Buch einzuschreiben.

Der Esel war zu alt für diesen Trubel und zog sich an den Ortsrand zurück, wo er neben einem Gasthof ein paar Gräser fand, die er ausrupfte und mit geschlossenen Augen kaute.

Darüber wurde es Abend. In allen Häusern brannten schon die Lampen, es wurde langsam ruhiger, und auch der alte Esel legte sich zum Schlafen. Da hörte er noch jemand kommen. Es waren ein Mann und eine Frau, die sehr langsam gingen und schrecklich müde zu sein schienen. Der Mann klopfte an die Türe des Gasthofes, und der Wirt kam heraus.

„Bitte, Herr Wirt", begann der Mann, „können wir hier noch ein Zimmer bekommen? Meine Frau erwartet ihr erstes Kind, und wir können nicht mehr weitergehen."

Der Wirt schüttelte bedauernd den Kopf.

„Tut mir leid", antwortete er. „Ich habe nichts mehr frei."

Aber dann sah er, daß die Frau wirklich nicht mehr sehr weit gehen konnte, und sein Blick fiel auf den alten Esel, der neben der Türe lag.

„Draußen vor dem Dorf steht eine Scheune, ein Stall, dort könnt ihr übernachten. Es gibt frisches Heu und ein paar Wolldecken von den Hirten, die den Stall für ihre Schafe benützen, wenn es kalt wird. Aber jetzt ist dort wohl nur noch ein Ochse drin. Wenn euch das genügt für diese eine Nacht, geht nur hin. Und nehmt den hier gleich mit", fügte er noch hinzu und zeigte auf den alten Esel.

Der Mann bedankte sich. Ein Stall ist zwar keine besonders gute Herberge, aber für diese eine Nacht würde es schon gehen.

Er ging zu dem alten Esel und streichelte ihm über den Kopf.

„Steh auf, mein Junge", sagte er ermunternd zu dem Tier. „Maria ist sehr müde und kann nicht mehr so weit gehen. Du kannst sie tragen und sicher hinaus zu dem Stall bringen."

Und der Esel stand tatsächlich auf und brachte die Frau hinaus vor das Dorf zu dem Stall, von dem der Wirt gesprochen hatte.

Dort sagte der Mann zu dem Esel:

„Komm herein, wir wollen dich bei uns haben. Zum Dank für deine Hilfe wirst du auch wieder gesund und kräftig sein."

Inzwischen war der Klebstoff am Bein meines Esels getrocknet, und ich stellte ihn neben den Ochsen zur Krippe.

Dominiks Schneemann

Dominik hat einen Schneemann gebaut. Einen mit dickem, rundem Bauch und Kieselsteinaugen. Einen richtigen, allerschönsten Schneemann. Dann hat die Mama gerufen, und der Dominik ist zum Abendessen ins Haus gegangen. Der Schneemann hat draußen bleiben müssen.

Zuerst hat er ein bißchen gewartet und gedacht, der Dominik würde gleich wiederkommen. Aber dann ist es dunkel geworden, und überall sind die Lichter angegangen. Da hat der Schneemann gewußt, daß es noch ein wenig dauern würde, bis Dominik zurückkommt.

Nach einer Weile hat eine kleine Maus den Schneemann angeschnuppert und dann gefragt:

„Wie heißt du denn?"

Der Schneemann hat sich gefreut, daß er nicht alleine bleiben mußte, und geantwortet:

„Ich bin der Schneemann vom Dominik. Spielst du mit mir?"

Aber die Maus ist schnell in ihr Mauseloch zurückgeschlüpft, weil der Kater vom Nachbarn durch den Garten geschlichen kam.

Er hat den Schneemann neugierig angeschaut und gefragt:

„Sag mal, frierst du nicht hier draußen in der Kälte?"

Der Schneemann hat gar nicht gewußt, was „frieren" bedeutet, deshalb hat er nur gefragt:

„Spielst du mit mir?"

Der Kater ist aber schon wieder weitergegangen, weil ihm sehr kalt war und er lieber wieder nach Hause wollte.

Lange hat der Schneemann warten

müssen, und immer wieder hat er zur Haustüre hinübergeschaut, ob der Dominik endlich kommt, um mit ihm zu spielen. Aber der Dominik hat schon lange fest geschlafen.

Da hat sich ein Käuzchen auf den Baum neben dem Schneemann gesetzt, und gleich hat der Schneemann gefragt:

„Spielst du mit mir?" Das Käuzchen hat seine Federn geschüttelt, so merkwürdig ist ihm die Frage vorgekommen.

„Ich spiele überhaupt mit niemand", hat es geantwortet. „Ich habe etwas Wichtigeres zu tun."

„Was für wichtige Dinge mußt du denn tun?" hat der Schneemann wissen wollen. „Mäuse fangen, damit ich nicht verhungere", hat das Käuzchen geantwortet und sich gleich umgeschaut, ob im Garten irgendwo ein Mäuschen herumlief, das es fangen könnte.

„Ich wäre so froh, wenn endlich die Sonne wieder scheinen würde und der Dominik zum Spielen herauskommen könnte", hat der Schneemann geseufzt.

„Die Sonne?" Das Käuzchen hat den Kopf geschüttelt. „Was bist du doch für ein dummer Schneemann. Wenn die Sonne scheint, schmilzt der Schnee, aus dem du gemacht bist. Die Sonne ist nichts für Schneemänner und Käuzchen."

Dann ist es weggeflogen, und der Schneemann ist wieder allein gewesen.

Natürlich ist es für einen Schneemann nicht schön, wenn die Sonne den Schnee schmilzt, aus dem er gemacht ist, das hat der Schneemann vom Dominik auch gewußt. Aber der kleine Dominik würde wiederkommen, wenn die Sonne aufgeht, und es würde nicht mehr so langweilig sein. Also hat sich der Schneemann auf die Sonne gefreut.

Der Dominik ist tatsächlich wiedergekommen, als die Sonne aufging, und hat mit ihm Schneemann gespielt. Da hat es ihm auch nichts ausgemacht, daß er ein bißchen angetaut ist. Das ist immer noch besser als alleine bleiben und sich langweilen, hat er sich gedacht.

Eine Dezembergeschichte

Der Christkindlmarkt vor dem Rathaus wurde am Samstag eröffnet, und seitdem duftet es dort nach Lebkuchengewürzen, gebrannten Mandeln, heißen Würstchen und Glühwein. Eine Bude steht neben der anderen, dazwischen ein riesiger Tannenbaum und an der unteren Ecke sogar ein Kinderkarussell mit weißen Pferdchen und einem rotgoldenen Schlitten. Überall drängen sich die Leute, tragen Taschen mit Päckchen, haben Pakete unter den Arm geklemmt, halten Kinder mit roten Backen an der Hand, haben die Mantelkrägen hochgeschlagen. An der Rathaustüre steht ein Weihnachtsmann mit rotem Mantel und verteilt kleine Päckchen an die Kinder, die vorbeikommen. Die Päckchen holt er aus einem großen Sack,

und Thomas wundert sich, warum der Sack niemals leer wird. Dabei hat er wirklich den ganzen Nachmittag über aufgepaßt.

Thomas sitzt oben in seinem Zimmer, genau gegenüber der Rathaustüre, und ist froh, daß der Christkindlmarkt ihm ein bißchen Abwechslung bringt. Thomas kann nämlich nicht gehen. Er sitzt in einem Rollstuhl, weil seine Beine gelähmt sind.

Er schaut hinüber auf die Rathausuhr und rechnet sich aus, daß sein Papa in fünfundvierzig Minuten heimkommen und dann mit ihm hinuntergehen würde, damit er sich auch die vielen bunten Sachen anschauen könnte. Vielleicht würde ihm der Papa auch eine Zuckerwatte kaufen oder einen von den herrlichen braunen Lebkuchen, die Thomas für sein Leben gern ißt. Und vielleicht würden sie bei dem Weihnachtsmann vorbeikommen, der an der Rathaustüre steht, und er würde ihm auch so ein geheimnisvolles Päckchen aus seinem Sack reichen. Hoffentlich wird der Sack nicht gerade dann leer, wenn er hinkommt, denkt Thomas und wird ganz aufgeregt. Denn irgendwann einmal mußte der Sack ja leer werden, und bis Thomas hinkommen könnte, ist es bestimmt sechs Uhr, und bis dahin würden bestimmt noch sehr viele Kinder an dem Weihnachtsmann vorbeigegangen sein und ein Päckchen bekommen haben.

Thomas schaut hinüber zu dem Weihnachtsmann und hofft mit klopfendem Herzen, daß der Sack nicht leer wird. Aber es kommen viele Kinder vorbei, und jedes bekommt sein Päckchen. Thomas drückt die Nase an der Scheibe platt, um besser sehen zu können, ob noch viele Päckchen in dem Sack stecken, aber es stehen so viele Leute um den Weihnachtsmann herum, daß er nichts erkennen kann. Die Scheibe beschlägt sich, und Thomas sieht überhaupt nichts mehr. Er wischt sie mit seinem Taschentuch trocken und schaut sehnsüchtig hinüber zu dem Mann im roten Mantel.

Ja, was ist denn das? Der Weihnachtsmann winkt herüber. Wem winkt er denn? fragt sich Thomas. Der Weihnachtsmann winkt wieder, und Thomas winkt, ohne nachzudenken, zurück. Da bückt sich der Weihnachtsmann und holt ein Päckchen aus seinem Sack, das hält er Thomas

entgegen. Es sieht so aus, als wolle er damit sagen:

„Hallo, Thomas, komm runter und hol es dir ab!"

Einen Augenblick lang vergißt Thomas, daß er nicht gehen kann und nickt und winkt zurück. Aber dann fällt ihm ein, daß er ja im Rollstuhl sitzt und der Papa erst in vierzig Minuten zu ihm nach Hause kommen würde.

„Lieber, lieber Weihnachtsmann", flüstert Thomas. „Bitte, gib mein Päckchen nicht weg, warte noch ein bißchen. Bitte, bitte!"

Aber dann sieht er, wie neue Kinder vorbeikommen, und jedes bekommt ein Päckchen, und der Sack wird leerer und leerer.

Als endlich der Papa kommt, will Thomas zuerst zum Weihnachtsmann an der Rathaustüre, aber schon von weitem sieht er, daß der Weihnachtsmann nicht mehr da ist.

Enttäuscht schaut Thomas vor sich hin. Er sieht nicht einmal mehr die schönen weißen Pferdchen auf dem Kinderkarussell, er riecht nicht die feinen braunen Lebkuchen, die er so gerne mag, und die Zuckerwatte, die ihm der Papa zum Trost gekauft hat, hält er nur in der Hand. Er mag sie nicht.

Der Papa tröstet ihn, setzt sich mit ihm in den rotgoldenen Schlitten auf dem Karussell, aber nicht einmal das ist mehr interessant für Thomas. Der Weihnachtsmann hatte wohl doch nicht ihn gemeint, als er herüberwinkte. Schließlich will Thomas wieder nach Hause. Der Papa schiebt

seinen Rollstuhl über die Straße, und Thomas kullern Tränen über die Backen. Da sieht er plötzlich etwas Rotes vor sich, und er wischt sich die Augen trocken, um besser sehen zu können, was das ist.

Mit offenem Mund und großen Augen sieht er den Weihnachtsmann auf sich zukommen. Er ist es wirklich! Thomas erkennt ihn gleich wieder. Er hat seinen riesigen Sack über der Schulter und kommt tatsächlich zu Thomas herüber, und der Papa hält vor ihm an.

Der Weihnachtsmann lächelt.

„Ich hab's für dich aufgehoben, Thomas", sagt er, und seine Stimme ist freundlich und tief. Er hält Thomas das Päckchen entgegen, das er ihm gezeigt hatte. Thomas kann sich gar nicht gleich rühren, so überrascht ist er. Doch dann gibt er dem Papa die Zuckerwatte und nimmt mit beiden Händen sein Päckchen entgegen.

„Danke", sagt Thomas und es klingt ein bißchen, als hätte er einen dicken Kloß im Hals. „Oh bitte, gern geschehen", antwortet der Weihnachtsmann. „Und jetzt muß ich mich beeilen, mein Schlitten wartet."

„Du bist mit dem Schlitten da?" fragt Thomas verwundert. „Obwohl es gar keinen Schnee hat?"

Der Weihnachtsmann zwinkert mit den Augen und sagt schmunzelnd:

„Es wird schneien, noch bevor du wieder oben an deinem Fenster sitzt. Und wenn du dann zum Karussell hinüberschaust, siehst du meinen Schlitten."

Thomas nickt nur. Er kann es nicht recht glauben. Sollte das hier wirklich der ganz echte Weihnachtsmann sein? Bevor er aber etwas sagen kann, drückt ihm der Weihnachtsmann die Hand und sagt: „Gott segne dich, Thomas", und weg ist er.

Thomas hat es sehr eilig, an sein Fenster zu kommen, und der Papa ist ganz atemlos, weil er ihn im Dauerlauf die Treppe hinauftragen muß. Gerade, als Thomas in seinem Zimmer ankommt, sieht er draußen vor dem Fenster die ersten Flocken fallen. Der Weihnachtsmann hat also nicht geflunkert. Thomas läßt sich ans Fenster setzen und ist der glücklichste kleine Junge der Welt. Dann schaut er hinüber zum Karussell, und er sieht, wie der Weihnachtsmann in den rotgoldenen Schlitten mit den weißen Pferdchen davor steigt. Thomas winkt mit der Hand hinüber, und der Mann im Schlitten winkt zurück. Dann fährt der Schlitten los, um die Ecke, und verschwindet zwischen den Häusern. Nur eine schmale Spur bleibt im Schnee zurück, und bald ist auch die zugeschneit.

Thomas öffnet sein Päckchen. Weißt du schon, was drin ist? Natürlich: die braunen Lebkuchen, die Thomas so gerne mag. Und auf einer kleinen Karte steht „Für Thomas. Vom Weihnachtsmann".

Der Papa und die Mama, die inzwischen auch heimgekommen ist, sind sich wie Thomas ganz sicher, daß das der richtige, der ganz echte Weihnachtsmann war. Und ich möchte ganz gern wissen, wie du darüber denkst.

Die Nacht vor dem Weihnachtstag

Caroline und Stefan können nicht einschlafen. Sie liegen schon längst in ihren Betten, aber wenn am nächsten Tag Weihnachten ist, dann fällt es allen Kindern schwer, endlich zur Ruhe zu kommen.

„Das Fräulein im Kindergarten hat gesagt, daß morgen der Weihnachtsmann kommt", flüstert Stefan seiner Schwester zu.

„Das ist doch Unsinn", flüstert sie zurück. Caroline ist schon sieben und kennt sich aus.

„Wieso?" will Stefan wissen und setzt sich in seinem Bett auf. „Wenn das Fräulein es aber gesagt hat?"

„Ach, was die immer alles erzählt", sagt Caroline, und Stefan ärgert sich, daß sich seine Schwester so wichtig macht. Aber ganz sicher ist sich Caroline auch nicht, ob das

Fräulein nicht doch recht hat. Deshalb sagt sie vorsichtshalber noch:

„Ich jedenfalls habe den Weihnachtsmann noch nie gesehen. Und das Christkind auch nicht", fügt sie hinzu, um ja nichts zu vergessen.

Stefan ist zufrieden. Zumindest behauptet seine große Schwester nicht, daß es gar keinen Weihnachtsmann gibt. Stefan findet den Weihnachtsmann nämlich richtig toll, und er möchte, daß es ihn gibt. Nicht zuletzt, weil er einen Brief an ihn vor die Türe gelegt hat vor ein paar Tagen...

„Ich möchte ihn schon ganz gern einmal sehen", sagt Stefan und legt sich wieder hin.

„Den Weihnachtsmann?" fragt Caroline zurück und überlegt sich dabei, ob der Weihnachtsmann wohl den

55

Wenn Weihnachten kommt

Adventslied

1. Wenn Weih-nach-ten kommt, ja dann
2. Wenn Weih-nach-ten kommt, ja dann
3. Es will kei-ne gros-sen Ge-

1. den-ke da-ran, mach's Herz be-reit, zünd Ker-zen
2. den-ke da-ran, zünd' in deinem Herzen ein Licht-lein
3. schenke, oh nein! Dein Herz, das will es ganz al-

1. an! Steck da und dort ein Zweiglein rein, das
2. an! Und trag es ins Dun-kel still, ganz still, das
3. lein! Es will in dir ei-nen Hel-fer sehn, sag;

1. gan - ze Haus muß fest-lich sein.
2. ist's was das Je - sus - kind-lein will.
3. willst du ihm nicht ent - ge - gen gehn?

Brief gefunden hat, den sie ihm geschrieben und heimlich ans Fenster gelegt hat. Ich sagte doch schon, so ganz sicher ist sie sich nicht, ob es einen Weihnachtsmann gibt oder nicht. Und wenn es nun keinen gibt?

Plötzlich hat sie eine Idee.

„Stefan, weißt du was? Wir warten, bis unsere Eltern im Bett sind, dann schleichen wir uns ins Wohnzimmer und verstecken uns dort, bis der Weihnachtsmann kommt. Dann wissen wir es ganz genau."

Stefan will nicht so recht, aber weil er halt doch neugierig ist, willigt er schließlich ein. Als alles still im Haus ist, schleichen die beiden ins Wohnzimmer, setzen sich in Papas großen Sessel und kuscheln sich unter Mamas warme Häkeldecke. So sitzen sie ganz still da und warten auf den Weihnachtsmann.

Sie müssen sehr lange warten und werden dabei immer müder und müder, und schließlich schlafen sie ein. Der Weihnachtsmann lächelt, als er die beiden da sitzen sieht, eng aneinandergekuschelt unter Mamas Häkeldecke in Papas großem Sessel. Natürlich hat er Stefans Brief vor der Türe und den von Caroline vor dem Fenster gefunden, und er weiß genau, was die beiden sich von ihm wünschen.

Stefan hat einen Birnbaum gemalt und einen Hund daneben, und aus einer Ecke lacht eine Sonne herunter. Der Weihnachtsmann versteht, was Stefan damit gemeint hat. Weihnachtsmänner verstehen alles.

Er liest auch, was Caroline ihm geschrieben hat, und es stört ihn kein bißchen, daß Caroline die „S" immer noch verkehrt herum schreibt, daß sie aussehen wie Zweien.

Ganz leise ist der Weihnachtsmann gekommen, und genauso leise geht er wieder. Und niemand hat etwas davon gemerkt.

Am Weihnachtstag wachen die beiden Kinder mit einem erstaunten Schrei auf. Vor ihnen am Fußboden liegen zwei kleine Päckchen. Stefan traut sich gar nicht aus seinem Sessel heraus, aber Caroline stupst ihn in die Seite und sagt ernsthaft:

„Jetzt haben zwar wir nicht den Weihnachtsmann gesehen, aber er uns."

Und Stefan langt nach seinem Päckchen und dreht es lange in seinen Händen herum. Er ist ganz glücklich, daß das Fräulein doch recht gehabt hat und daß der Weihnachtsmann gekommen ist.

57

Die Geschichte
von einem Tannenbaum

Es war einmal ein Tannenbaum. Er war sehr gerade und sehr schön gewachsen und sechs Jahre alt, als der Förster kam und ihn als Weihnachtsbaum aussuchte.

Der Baum freute sich natürlich sehr, denn man hatte ihm schon oft erzählt, wie schön Weihnachtsbäume geschmückt würden und wie fröhlich alle wären, die rings um ihn herum Weihnachten feiern. Schließlich ist Weihnachten ein ganz besonderes Fest, das wußte der Tannenbaum. Die Menschen feiern an diesem Tag, daß Gottes Sohn für sie geboren wurde.

Schließlich also stand der Tannenbaum auf dem Marktplatz in der Stadt, mitten zwischen seinen Brüdern. Erwartungsvoll schaute er sich die Menschen an, die kamen und einen Weihnachtsbaum kaufen wollten. Wer würde ihn wohl mitnehmen? Da kam am späten Nachmittag ein kleiner Junge auf den Marktplatz. Er hielt sich an der Hand des Vaters fest und zog ihn zwischen den Bäumen hindurch, direkt auf unseren Tannenbaum zu.

„Den möchte ich haben", sagte der kleine Junge. „Das ist der allerschönste Weihnachtsbaum."

Der Tannenbaum wurde verschnürt und auf einem Schlitten durch die Stadt gefahren. Das gefiel dem Tannenbaum. Überall Lichter, überall hell erleuchtete Schaufenster mit den schönsten Sachen, die man sich vorstellen kann - und wie es überall duftete! Zu Hause stellte man den Tannenbaum im Wohnzimmer auf, und er wurde mit bunten Glaskugeln, glitzerndem Lametta, kleinen Spielsachen und vielen Kerzen geschmückt, daß er vor Freude fast gezittert hätte. Aber er nahm sich sehr zusammen, sonst wäre vielleicht alles von seinen Zweigen gefallen, und das wollte er natürlich nicht.

Das Wohnzimmer wurde festlich geschmückt, und der Tannenbaum konnte nicht genug davon bekommen, alles anzusehen und dabei auch noch stillzuhalten.

Am Heiligen Abend kamen viele Leute in das Zimmer, große und kleine. Sie sangen und erzählten Geschichten und packten die vielen bunten Päckchen aus, die unter den Zweigen des Tannenbaums versteckt gewesen waren. Der Tannenbaum war schon selber ganz neugierig gewesen, was da alles drin sein könnte. Es war ein wunderschönes Fest, und der Tannenbaum war sehr glücklich.

Dann war Weihnachten vorbei, Silvester und schließlich das Fest der Heiligen der Könige. Die Äste unseres Tannenbaums waren trocken geworden, die Nadeln rieselten ab, wenn man ihn berührte, und er sah auch recht traurig drein. Man nahm die schönen Sachen von seinen Zweigen und brachte den Tannenbaum hinaus in den Garten. Dort lag er, und der Schnee deckte ihn zu.

Der Tannenbaum lag da und war so unglücklich, daß er bestimmt geweint hätte, wenn Tannenbäume überhaupt weinen könnten. Eines Tages aber, als der Schnee längst geschmolzen war und schon einige Blumen blühten, kam der kleine Junge in den Garten und setzte sich neben den Tannenbaum ins Gras. Er streichelte die trockenen Zweige und sagte:

„Sei nicht traurig, Tannenbaum. Du wirst noch sehr lange in unserem Garten sein, und ich werde dich oft besuchen. Du wirst auch ein paar von deinen Brüdern wiedersehen und die Vögel, die du bestimmt liebhast, und die Sonne."

Der kleine Junge hatte nicht geschwindelt. Man entfernte die trockenen Äste von unserem Tannenbaum und grub seinen Stamm ein bißchen in die Erde ein. Zuerst wußte der Tannenbaum gar nicht, was das werden sollte, aber bald verstand er. Nämlich, als kleine Pflänzchen neben ihm aus dem Boden wuchsen, die sich dann an ihm festhielten und schließlich größer und größer wurden, bis sie blühten und später schöne Früchte trugen. Der kleine Junge kam jeden Tag und pflückte diese Früchte, die er Bohnen nannte, und ab und zu zwinkerte er dem Tannenbaum fröhlich zu. Da freute sich der Tannenbaum jedesmal - und vielleicht steht er ja im nächsten Sommer wieder im Garten.

Als das Wetter stehen blieb

Hast du schon einmal den Erwachsenen zugehört, wenn sie über das Wetter reden? Lacht die Sonne einmal zwei Wochen vom Himmel, wünschen sie sich endlich Regen, und wenn es dann wirklich regnet, fragen sie sich, wo denn die Sonne bleibt. Dann ist es wieder zu trokken, einen Tag später zu naß, der Wind bläst zu stark, der Schnee kommt zu früh, der Sommer zu spät, die Wolken sind zu grau, der Sturm zu heftig, der Mond ist zu rund, der Nebel zu feucht und die Füsse zu kalt.

Ja, wenn die Erwachsenen das Wetter selbst machen könnten, wie würde es dann wohl aussehen? Der Himmel wäre immer dunkelblau, ein paar schneeweiße Wölkchen dürften ihn wie Sahnehäufchen verzieren.

Regnen müßte es jeden Montag, und zwar nachts zwischen halb drei und halb vier, der Schnee dürfte nur noch auf die Wiesen fallen, auf gar keinen Fall aber vor die Haustüre. Wer unbedingt Wind braucht, der kann ihn in der Sturmpackung im Supermarkt kaufen, und Donner und Blitz würden ganz abgeschafft. Ja, wenn die Erwachsenen das Wetter machen könnten, dann wäre es für die Kinder nicht nur schrecklich langweilig, nein, dann wäre auch diese Geschichte nie passiert, eine Geschichte, die uns zeigt, daß es wohl doch besser ist, wenn das Wetter so bleibt wie es bisher war.

Vor langer Zeit, als dein Opa gerade so alt war wie du, geschah in einer kleinen Stadt etwas sehr Komisches. Als in der Früh der erste Hahn auf seinem Misthaufen krähte, blinzelte die Sonne gerade mit einem Auge über den Hügel hinter der Stadt, die letzten Sterne machten schnell ihre Lichtlein aus, und der Mond verschwand müde zwischen den Bäumen auf der andern Seite des noch schlafenden Städtchens. Der noch etwas blasse Himmel bekam von der guten Sonne ein kräftiges, warmes Strahlenfrühstück, und seine Wangen wurden blauer und blauer. Weit hinten über dem Hügel spazierten einige Wolkenschäfchen über die Himmelswiese, es sah ganz nach einem wundervollen Tag aus.

Plötzlich, aus heiterem Himmel, zuckte ein greller Blitz durch die Luft, und gleich hinterher krachte ein fürchterlicher Donnerschlag, fast im selben Augenblick fing es in Strömen an zu regnen, so, als würden tausend Badewannen gleichzeitig ausgeschüttet.

Die verduzten Menschen, die gerade zur Arbeit gehen wollten, rannten schnell in ihre Häuser zurück, um Schirme, Regenmäntel und Gummistiefel zu holen. Aber als sie wieder gut verpackt vor die Haustüre traten, strahlte die Sonne vom tiefblauen Himmel, als wäre nichts geschehen. Na sowas Verrücktes, dachten sich die Menschen, schön, bringen wir die Regensachen zurück ins Haus. Doch kaum zu Ende gedacht, da fegte ein eisiger Windstoß durch die Straße, und ein gewaltiger Wasserfall stürzte vom Himmel. Fast im selben Moment fing es wahrhaftig auch noch zu schneien an, kurz dar-

auf hagelte es erbsengroße Eiskügelchen, sogar der alte Maulwurf hatte so etwas noch nie erlebt.

Die armen Menschen liefen durcheinander, einige holten gerade ihre Schirme, während die anderen sie in die Häuser zurückbringen wollten. Jetzt leuchtete auch noch ein riesengroßer, wunderbarer Regenbogen über dem Hügel hinter der Stadt, und dann ging alles so schnell durcheinander, daß die Menschen glaubten, das Ende der Welt sei gekommen. Der Blitz regnete in die Sonnenstrahlen, der Wind hagelte durch den Regenbogen, der Sturm strahlte mit dicken Schneeflocken, und vor lauter Nebel donnerte die Sonne dem Schnee einen eisigen Frost ins Gewitter.

Was war passiert? Ganz einfach - weit über den Wolken, wo sich die Milchstraße mit der Mondscheinallee kreuzt, steht das gewaltige Wetterhaus. Dort wird seit Tausenden von Jahren das Wetter gemacht. Da werden schwarze Regenwolken mit frischem Wasser gefüllt, da stricken fleißige Hände schneeweiße Schäfchenwolken, da werden die durchgebrannten Glühbirnen vom Blitz ersetzt, da trinkt der Donner Kamillentee, weil er sich beim letzten Gewitter erkältet hat, und da wird die Sonne auf Hochglanz poliert. Und das Allerwichtigste im Wetterhaus ist natürlich das uralte, riesige und knatternde Ungetüm, die Wettermaschine mit ihren tausend Knöpfen und Hebeln und Rädern und Rollen und Schräubchen, Röhr-

chen und blinkenden Lichtern. Ja, die gute, alte Wettermaschine, die uns das warme Sommerwetter, aber auch die kalten Dezembertage schickt, die es regnen läßt und die den Wind pfeifen und den Sturm heulen läßt. Sie war schon ziemlich alt, wen wundert es da, daß sie eben an diesem Tag plötzlich stehen blieb, kein Zahnrad drehte sich mehr, kein Lichtlein blinkte, das Wetter stand einfach still.

Kannst du dir die Aufregung im Wetterhaus vorstellen?

Aus allen Himmelsecken kamen die Handwerker herbeigelaufen, um das Wetter wieder in Gang zu bringen, nun stell dir bloß mal einen einzigen Tag ohne Sonne, ohne Wind und Wolken vor.

Das war ein Werkzeuggeklapper an der Wettermaschine, der Blitzhebel wurde geölt, die Donnertaste neu eingestellt, der Sonnenknopf klemmte, der Nebelschieber war abgebrochen, dem Regenbogenzeichner war die Farbe ausgegangen und die Eistruhe für die Hagelkörner mußte unbedingt abgetaut werden. Tausend fleißige Hände waren mit dem Reparieren der Wettermaschine beschäftigt, und jeder Knopf und jeder Hebel mußte natürlich ausprobiert werden - und so kam es auch, daß die Menschen unten auf der Erde in zehn Minuten alle Wetter erlebten, die es überhaupt gibt.

Und du weißt jetzt, was los ist, wenn das Wetter einmal wieder völlig verrückt spielt, wenn die Sonne scheint und gleichzeitig der Regen den Nebel vertreiben will, weil der Wind ums Haus hagelt, dann liegt es nur daran, daß unsere gute, alte Wettermaschine gerade mal wieder repariert wird, klar?

Die Puppenfee

Es war einmal eine Fee, die nichts zu tun hatte, weil niemand mehr an Feen glaubte und man sie deshalb auch nicht brauchte. Gar nichts tun können ist furchtbar langweilig, nicht?

Deshalb ging die Fee eines Abends im Dezember durch die Straßen einer Stadt und sah sich dabei die Schaufenster an, die hell erleuchtet waren. Was es da alles gab! Da verstand die Fee schon, warum die Menschen sie nicht mehr brauchten. Wenn man sich alles kaufen kann, was man sich wünscht, hat man keine Wünsche mehr an eine Fee. Traurig setzte sie sich auf die Stufen vor einem Spielzeugladen und seufzte. Dabei fiel ihr Blick auf eine Puppe, die direkt neben ihr hinter der Glasscheibe saß. Weil sie sich

endlich mit jemand unterhalten wollte, tippte sie mit dem Zeigefinger an die Scheibe, um die Puppe zum Leben zu erwecken.

„Hallo Puppe", sagte die Fee.

Aber die Puppe saß nur da und schaute geradeaus.

„Mir ist so langweilig", sagte die Fee.

Aber die Puppe antwortete nicht.

„Du hast es gut", fuhr die Fee fort, und tippte dabei nochmal an die Schaufensterscheibe, hinter der die Puppe saß.

„Irgend ein Kind hat dich hier sicher sitzen sehen, und weil du so hübsch aussiehst und so schöne Kleider anhast, wünscht es sich dich zu Weihnachten. Aber wer braucht schon eine Fee, wenn er alles kaufen kann, was er sich wünscht?"

Da drehte die Puppe den Kopf ein wenig zur Seite und sagte zur Fee herüber:

„Vielleicht brauchen dich die Menschen wirklich nicht. Aber die Puppen schon."

Die Fee schaute sie erstaunt an. „Die Puppen brauchen eine Fee?" fragte sie.

„Die Puppen und die Feuerwehrautos und die Schaukelpferdchen und die anderen Sachen hier", antwortete die Puppe ernsthaft.

Die Fee rückte ein bißchen mehr zum Schaufenster. „Erzähl mal", bat sie, und das tat die Puppe dann auch. Sie erzählte, daß das Feuerwehrauto zu einem Jungen müßte, der dafür bekannt ist, daß er alles kaputtmacht, und das Schaukelpferdchen würde so gerne zu der kleinen Evi gehen, die es immer so liebevoll streichelte, wenn sie mit ihrer Mutti im Laden war, aber die Mutti hatte kein Geld, und ob das Christkind an ein Schaukelpferd dachte, war fraglich.

Der Teddy mit der rosa Schleife hatte ein ziemlich trauriges Gesicht, weil er auch nicht zu dem Kind kommen würde, zu dem er gerne wollte, und die Puppe selber hatte auch schon gehört, daß sie zu einem Mädchen sollte, das schon mindestens zehn Puppen hatte, mit denen sie ohnehin nicht spielte.

„Wohin willst du denn?" fragte die Fee, der die Spielsachen alle ein bißchen leid taten.

„Zum kleinen Michael", sagte die Puppe und strahlte vor Freude.

„Aber der soll von seinem Onkel ein ferngesteuertes Auto bekommen, das er überhaupt nicht haben möchte."

Die Fee dachte einen Augenblick lang nach, dann sagte sie: „Ich verspreche dir, daß alles anders wird. Aber ihr alle müßt ganz fest dran glauben, daß eure Wünsche erfüllt werden, sonst kann ich leider auch nichts für euch tun."

So kam also der Heilige Abend. Die Fee saß als Schneeflocke am Fenster beim kleinen Michael und schaute zu, was bei der Bescherung passierte.

Der Michael hatte alle Pakete ausgepackt, bis auf das, in dem mit Sicherheit das ferngesteuerte Auto war. Michael kannte den Karton nämlich schon. Er war traurig, weil er sich doch so sehr die Puppe aus dem Spielzeugladen gewünscht hatte, sie aber nirgends unter seinen Geschenken gefunden hatte. Schließlich machte er den letzten Karton auf, weil der Onkel schon darauf drängte. Du kannst dir vorstellen, was für Gesichter plötzlich alle machten, als aus dem Karton für das ferngelenkte Auto eine hübsche Puppe mit Lockenhaaren und blauen Augen herausschaute. Der kleine Michael jubelte vor Freude und sprang seinem Onkel um den Hals. Wenn du es noch nicht erraten hast, erzähle ich dir, wie das gekommen ist.

Die Fee hat nämlich einfach heimlich die Geschenke in den Kartons vertauscht, daß sie da hinkamen, wo sie von den Kindern gewünscht waren. So kam das Feuerwehrauto zu einem Jungen, der schon immer eines haben wollte und es auch sorgfältig behandelte. Das Schaukelpferdchen stand bei dem armen kleinen Mädchen, das immer so lieb zu ihm gewesen ist, der Teddy landete bei einem kranken Kind, das ihn gleich liebevoll in die Arme nahm und sofort einschlief, und alle die anderen Spielsachen aus dem Spielzeugladen fanden liebe Kinder, die sich wirklich über sie freuten.

Vielleicht sitzt die Puppenfee unerkannt im Spielzeugladen, wenn du gerade auch hinkommst. Sie erfüllt aber nur Kinderwünsche, wenn sie ganz sicher ist, daß die Spielsachen sich dasselbe wünschen. Und die wissen genau, wer es ehrlich mit ihnen meint und wer nicht.

Sonne, Mond und Sterne

Bestimmt hast auch du schon einmal in einer sternklaren Nacht mit großen Augen zum Himmel hochgeschaut, staunend über das funkelnde und glitzernde Wunder. Aber weißt du auch, daß es der gewaltige Sternenzauberer ist, der über die vielen tausend kleiner und großer Sterne regiert? Und er ist nicht der einzige Herrscher am unendlich weiten Himmelszelt. Da ist noch die glühende, freundliche, heiße Strahlen versprühende Sonnenkönigin und, wer kennt ihn nicht, den schweigsamen, unter seiner schweren Last gebeugten Mann im Mond. Drei Herrscher also, die zusammen gehören wie die Blätter und der Baum. Denn würde nur einer von ihnen fehlen, dann würde die Nacht nie mehr aufhören oder es wäre ewig Tag, und kein sanftes Mondlicht würde unsern Schlaf beschützen.

Alle dreihundert Jahre ungefähr treffen sich die drei Mächtigen im gläsernen Wolkenpalast in der Milchstraße 35a, um gemeinsam über die Zukunft zu beraten. Und wieder einmal war dieser Tag gekommen. Mit furchterregender, blecherner Stimme eröffnete der Sternenzauberer die Sitzung, er schien sehr wütend zu sein, denn seine gewaltige, drohende Stimme ließ die gläsernen Säulen des Wolkenpalastes gefährlich klirren. „Hier!" sagte er und deutete mit dem Zeigefinger auf eine winzig kleine Kugel in einem Modell, das vor ihm auf dem steinernen Tisch stand. Das Modell zeigte das ganze Reich der drei Herrscher um ein Tausendfaches verkleinert. Da konnte man die Sonne, den Mond, die großen und kleinen Planeten und all die unzähligen Sterne auf einen Blick sehen. „Hier!" wiederholte der Sternenzauberer noch einmal, „hier auf dem Planeten Erde leben die Menschen, und eben diese Menschen haben für nichts mehr Zeit, sie rennen dem Geld nach und haben dabei vergessen, für das Licht der Sonne und den Schein des Mondes und der Sterne dankbar zu sein." „Nun", warf die Sonnenkönigin dazwischen, „so werden wir wohl etwas unternehmen müssen!" „Wir könnten die Menschen prüfen", sagt leise der Mann im Mond, „nur so können wir herausfinden, ob sie die Sonne, den Mond und die Sterne überhaupt noch verdienen." „Ich könnte meine Strahlen kürzen", schlug die Sonnenkönigin vor, und der Mann im Mond meinte, er würde die Mondscheibe nicht mehr voll werden lassen, und er, der Sternenzauberer, sollte vielleicht die beliebten Sternschnuppen abschaffen.

„Dummes Zeug", donnerte der Sternenzauberer und strich sich verärgert durch seinen langen Bart, „das alles würden die Menschen doch nicht einmal bemerken! Nein, ich denke", seine Stimme schwoll erneut gefährlich an, „ich denke, es sollte eine harte Prüfung werden. Wir alle löschen unsere Lichter, dann werden wir sehen!" Dieser Vorschlag wurde angenommen, und so geschah es.

Wie ein schwerer, dicker Mantel breitete sich die vollkommene Dunkelheit über die ganze Erde, eine Finsternis, wie man sie sich gar nicht vorstellen kann. Was war das für eine Angst unter den Menschen, wie entsetzlich war es, kein Sonnenlicht und keinen Mondschein mehr zu haben, nur diese furchtbare Schwärze.

Es gab keine Freude mehr, kein Lachen, keine Lieder, es gab kein Wachsen mehr in der Natur, kein fröhliches Singen der Vögel, es war, als hätte man die Uhr der Welt einfach angehalten.

Hungersnöte brachen über die Menschen herein, weil in der Dunkelheit kein Getreide mehr wuchs, die Meere traten über ihre Ufer, und ohne die Wärme der Sonne war es bitter kalt. Nachdem sich die Menschen vom ersten großen Schrecken erholt hatten, gewöhnten sie sich langsam an die ewige Nacht und an ein Leben im Schein von brennenden Fackeln. Die Menschen gewöhnen sich an alles, es muß nur lange genug dauern. Und irgendwann sprachen nur noch die ganz alten Leute über eine Zeit, als noch die goldene Sonne am Himmel stand, man in den Seen baden konnte, in den Wäldern spazieren, auf den Bergen die herrliche Aussicht genießen, und als noch die Kinder glücklich auf den Spielplätzen herumtollen konnten.

Die drei mächtigen Herrscher oben im gläsernen Wolkenpalast hatten wohl recht; die Menschen verdienten ihr Licht und ihre Wärme nicht.

Und trotzdem werden die Sterne heute nacht wie Diamanten am Himmel blitzen, der Mond wird zu dir ins Zimmer schauen, und die Sonnenkönigin wird dich morgen früh mit einem ihrer Strahlen antippen, als wollte sie sagen: Aufsteh'n, ein wundervoller Tag beginnt!

Warum wohl haben sich die Sonnenkönigin, der Sternenzauberer und der Mann im Mond entschlossen, ihre Lichter wieder anzuzünden? Niemand weiß es. Vielleicht taten ihnen die Kinder leid, die im Dunkeln nicht lachen und spielen konnten. Oder die Bäume, Sträucher und Gräser, die ohne Licht nicht wachsen konnten.

Oder diejenigen Erwachsenen, die sich dafür einsetzen, daß wir alle eine gute Luft zum Atmen haben. Wir sollten froh sein, daß es Kinder, Bäume und solche Erwachsenen gibt, denn dann wird diese Geschichte nie wirklich passieren, Gott sei Dank war sie nur erfunden!

Gabi hat einen Traum

Warst du schon einmal an Weihnachten krank? Oder vielleicht bist du gerade heute krank geworden? Oder vor zwei Tagen? Dann ist die Geschichte ganz besonders für dich. Gabi wurde nämlich ausgerechnet einen Tag vor Heilig Abend krank. Sie hatte Husten, daß ihr schon der Bauch weh tat, Kopfschmerzen, daß man nur ganz leise mit ihr reden durfte, und ein Kratzen im Hals, daß sie nicht einmal ihre Lieblingsschokolade essen wollte. Die Mama gab ihr Hustensaft und ein Fieberzäpfchen, und Gabi schlief ganz fest ein. Und da hatte sie einen Traum.

Sie träumte, daß sie eine kleine Meise sei. Sie schlief in einer Tanne und erwachte, als es hell wurde. Die Meise Gabi putzte sich zuerst das Gefieder, reckte und streckte die Flügel und flog dann zu ihrem Lieblingsfutterplatz, wo schon viele andere Vögel saßen und hungrig die ausgestreuten Körnchen aufpickten. Die Meise Gabi pickte genauso hungrig mit. Als sie satt war, flog sie hinüber zu einem kahlen Kirschbaum, plusterte sich dick auf und blinzelte ein bißchen in die Wintersonne. Die Meise Gabi war so müde und satt, daß sie wohl eingeschlafen sein mußte, denn als sie erwachte, war es bereits wieder dunkel. Gabi konnte unmöglich zu ihrer Tanne zurückfliegen und trippelte deshalb auf ihrem Ast entlang, bis sie einen Schlafplatz fand. Dann steckte sie ihren Kopf unter die Flügel und versuchte zu schlafen.

Jeder weiß, daß man mit einem leeren, knurrenden Magen ganz, ganz

73

schlecht schlafen kann, und sie hatte seit dem Frühstück nichts mehr gegessen. Also saß sie auf ihrem Kirschbaum und konnte nicht einschlafen. Was war das?

Drüben, keine zwei Meter von ihrem Schlafplatz entfernt, war ein hell erleuchtetes Fenster. So etwas hatte die Meise Gabi ja noch überhaupt nicht gesehen! Da stand der schönste Tannenbaum der Welt, über und über geschmückt mit glänzenden Glaskugeln, glitzernden Silberfäden und vielen, vielen Kerzen, auf denen kleine Flammen strahlten. An einem Tisch saßen große und kleine Menschen, die alle fröhlich waren. Die Meise Gabi hätte zu gerne gewußt, was die Leute da machten, warum sie so fröhlich waren und hüpfte hinüber auf den Fenstersims. Es müßte doch schön sein, dachte sie, wenn man so ein warmes Wohnzimmer hätte und so einen wunderschönen Baum, und wenn man dann so fröhlich sein könnte wie die da drin, vielleicht auch noch etwas zu essen hätte ...

Da ist das Mädchen, das Gabi heißt und krank ist, aufgewacht. Zuerst wußte sie gar nicht recht, ob sie ein Vogel oder ein Mensch war und sah vorsichtig nach, ob alles in Ordnung war. Sie hatte aber weder einen Schnabel noch Flügel und mußte ein bißchen lachen, weil sie tatsächlich einen Augenblick lang gedacht hatte, sie hätte ihren Traum wirklich erlebt. Weil es ihr auch schon viel besser ging, stand sie schließlich auf und zog sich an.

Ihren Traum hatte sie schnell vergessen.

Am nächsten Tag, dem Heiligen Abend, als die Familie im Wohnzimmer saß und Weihnachten feierte, als man Mutters Plätzchen naschte, Weihnachtslieder sang, Geschichten vorlas und alle sich freuten, ging Gabi ans Fenster, weil ihr ihr Meisentraum wieder einfiel.

Und draußen auf dem Fensterbrett saß ein kleiner Vogel und schaute herein. Gabi war kein bißchen überrascht. Sie holte Vogelfutter und streute es dem Meischen hin.

„Das ist für dich", sagte sie dabei ganz leise. „Mit einem knurrenden, leeren Magen kann man nicht recht einschlafen."

Ja, das ist schon so eine Sache mit manchen Träumen. Man weiß nie so genau, was man nun geträumt hat und was wirklich passiert ist. Kennst du das auch?

Schlaflied

Nun schlaf' mein Kleines,
schlaf uns ein,
ich bring' dich leis zur Ruh.
Im Himmel wacht ein Engelein,
komm, mach die müden Äuglein zu.

Ein Sternchen schenkt
dir einen Traum,
der läßt dich ruhig schlafen.
Erzählt von einem Weihnachtsbaum,
vom Puppenkind und Schafen.

Vom Christkind und
vom Weihnachtsmann
und vielen bunten Päckchen,
von einem Pferd, das sprechen kann
und einem hübschen Deckchen.

Sei lieb, mein Kleines, und schlaf ein,
ich bring dich leis zur Ruh.
Im Himmel wacht ein Engelein
drum mach die müden Äuglein zu.

Die Wunschzettelgeschichte

Kannst du dir vorstellen, wie es ein paar Wochen vor Weihnachten auf dem Schreibtisch des Weihnachtsmannes aussieht? Um es gleich vorweg zu sagen, es sieht schrecklich aus! Und weißt du auch warum? Aber sicher weißt du das, du bist ja nicht das einzige Kind, das einen Wunschzettel geschrieben hat. Tausende und Abertausende von Jungen und Mädchen haben dem Weihnachtsmann ihre Liste mit den vielen Wünschen zugeschickt, und der weiß schon gar nicht mehr, wo ihm der Kopf steht, so hoch sind die Wunschzettelberge, unter denen der arme Schreibtisch fast zusammenbricht. Wie soll man das bis zum Heiligen Abend schaffen, alle Briefe und Zettelchen zu sortieren und, was das Wichtigste ist, auch noch

alle Wünsche zu erfüllen? Viele Engelshände sind seit Tagen beschäftigt, dem völlig verzweifelt guckenden Weihnachtsmann unter die Arme zu greifen. Im Waschzuber, wo das Jahr über die schneeweißen Engelshemdchen gewaschen werden, landen die Wunschzettel der Kinder, die sich eine elektrische Eisenbahn gewünscht haben. In den roten Eimer, in dem sonst der Putzlappen zu Hause ist, kommen alle Fahrradwünsche. Im Weidenkorb werden alle Briefe gesammelt, in denen ein richtig lebendiges, kleines Schmusetier zum Liebhaben und Streicheln gewünscht wird. Der bis über den Rand volle Korb wird eben gerade von zwei Engeln zur himmlischen Prüfstelle getragen, wo dann genauestens festgestellt wird, ob diese Kinder sich dann auch wirklich um ihren neuen Spielgefährten, den kleinen Hund, die Katze oder den Hasen oder das Meerschweinchen oder den Vogel kümmern würden. Oder ob es vielleicht eines der Kinder ist, die sich ein Tier wünschen, das sie dann nach ein paar Wochen einfach links liegen lassen, weil sie unterdessen etwas Neues und Interessanteres entdeckt haben. Diesen Kindern möchte der Weihnachtsmann dann viel lieber eine Rute schicken als einen kleinen Kameraden mit weichem Fell oder bunten Federn. Zurück zum Schreibtisch, dahinter im Regal werden eben die Puppenwünsche sortiert. Im ersten Fach Puppen mit Augenaufschlag, im zweiten Fach Puppen, die sprechen können. Weiter geht's mit Puppen zum An- und Ausziehen, schwarze Puppen, weinende Puppen, Puppen aus Porzellan, Puppen, die ihre Windeln vollmachen können - dem Weihnachtsmann steht der Schweiß auf der Stirn, wie war es doch vor vielen Jahren so einfach, als auf den Wunschzetteln der Mädchen nichts anderes als nur „Puppe" stand. Wenn das so weitergeht, dachte sich der Weihnachtsmann und kratzte sich hinterm Ohr, dann werde ich wohl mein Büro vergrößern müssen. Wie war das doch früher. Weiter konnte der Weihnachtsmann nicht denken, denn in diesem Augenblick wurde die Tür aufgerissen, ein blondgelockter Engel mit einer Kochmütze

steckte seinen Kopf durch den Spalt und schrie aus Leibeskräften: „Das Mittagessen steht auf dem..." Krach! Ein heftiger Windstoß hatte dem kleinen Koch die Tür aus der Hand gerissen, sie knallte mit einem gewaltigen Bumms gegen die Wand, und der Wind pfiff wie eine Lokomotive durch das Zimmer. Wie Schneeflocken im Sturm wirbelten die vielen Wunschzettel durch die Luft und dem Weihnachtsmann, der mit dem offenen Mund dasaß, um die Ohren. Die ganzen schönen, sortierten Häufchen! Wenn es nicht so lustig ausgesehen hätte, der Weihnachtsmann hätte bestimmt geweint.

Und so kam es denn, daß in diesem Jahr kaum einer das zu Weihnachten geschenkt bekam, was er sich gewünscht hatte. Statt dem Teddy gabs ein schönes Buch, statt den Rollschuhen lag ein Spiel unter dem Weihnachtsbaum.

Und was das Schönste war, keines der Kinder war traurig darüber. Überall waren die Jungen und Mädchen ganz aus dem Häuschen, weil der Weihnachtsmann sie so toll überrascht hatte. Wenn die wüßten! Vielleicht sollten wir uns öfter überraschen lassen, der Weihnachtsmann hätte keine schlaflosen Nächte, der kleine Koch keine Schuld, und wir hätten die freudige Erwartung. Wie auch immer, Wünsche soll man haben, man darf nur nicht allzu traurig sein, wenn manchmal ein kleiner Koch dazwischen kommt.

Was denn wohl die Weihnachtsengel
in den Sommerferien machen?
Ob die kleinen Lausebengel
wie die Kinder spielen, lachen?

Ob sie auch zum Baden gehen,
fröhlich mit den Freunden wandern?
Oder sich die Welt besehen
von einem Ort zieh'n zu dem andern?

Ob sie gerne dann und wann auch
mit den Schäfchenwolken spielen,
dem alten Petrus auf den Bauch,
dem Mond auf seine Mütze zielen?

Vielleicht jedoch bei Tag und Nacht
in ihren kleinen Bettchen bleiben,
und, wenn auch hell die Sonne lacht,
mit Lesen sich die Zeit vertreiben?

Den Knecht Ruprecht dann und wann
mit ihren dummen Streichen necken,
damit er ja nicht schlafen kann
ihm seinen Schlafanzug verstecken?

Oder ob sie lieber brav sind,
dem heil'gen Petrus Freude machen,
ob sie dem guten Mann geschwind
behilflich sind bei seinen Sachen?

Wer weiß? Vielleicht auch nichts davon,
wer kann schon einen Engel fragen?
Der Nikolaus, der kann das schon -
frag' ihn doch mal, vielleicht wird er's dir sagen.

Bambi, das kleine Reh

Es machte Spaß, durch die bunten, raschelnden Herbstblätter des Waldes zu trippeln. Noch nie in seinem kurzen, aufregenden Leben hatte Bambi so etwas gesehen. Wo sich noch vor wenigen Wochen der Himmel über einer grünen Blätterpracht versteckt hatte, fiel jetzt das helle Sonnenlicht durch die kahlen Bäume auf den Waldboden, der sich wunderbar warm und weich anfühlte. Einhundertneunzig Mal erst war die Sonne aufgegangen, seit Bambi an einem strahlenden Maimorgen auf diese Welt kam. Wie schön es damals war, ringsherum nur grün, ein herrlicher Duft wehte von einer nahen Blumenwiese herüber, Vögel begrüßten den jungen Tag, und die Rehmutter leckte ihrem neugeborenen Jungen zärtlich über das nasse Gesicht, mehr Glück konnte es gar nicht geben.

Aber die Freude dauerte viel zu kurz, es passierte einige Wochen später, als das reife Korn hinter dem Wald wie ein goldener Teppich leuchtete. Was war das immer für ein Spaß, dort mit den andern jungen Rehen Verstecken zu spielen bis zu jenem schrecklichen Tag, als dieses riesige, rote, lärmende Ungeheuer mit den gräßlichen Eisenzähnen durch das Korn schnaubte und bei Sonnenuntergang ein trauriges Stoppelfeld zurückließ. Bambi erinnerte sich an jenen Abend, als es mit seiner Mutter umherirrte und seine kleinen Spielkameraden suchte, aber vergeblich, das Ungetüm hatte sie alle verschlungen.

Wie einsam und still es plötzlich

war, es machte immer soviel Spaß, mit dem Wind und den Blättern oder den Regentropfen zu spielen, aber so ganz allein? Bambi wollte so schnell wie möglich neue Freunde finden. Vielleicht bei den zweibeinigen Wesen, von denen die Mutter wußte, daß man sie Menschen nannte? Die einen kamen bepackt mit Decken und Körben, die bis oben hin gefüllt waren mit den leckersten Sachen, die setzten sich in den Schatten eines großen Baumes und ließen es sich schmecken. Abends, wenn sie weg waren, war der Platz übersät mit leeren Papiertüten, Flaschen und Blechdosen mit messerscharfen Deckeln, an denen man sich schrecklich wehtun konnte. Andere Menschen hatten merkwürdige Geräte aus Holz bei sich, die fürchterlich krachten und vor denen man sich in Acht nehmen mußte. Und schließlich waren da noch diese stinkenden Biester mit den runden Augen, die nachts blendeten, die rasten Tag und Nacht landauf, landab, viele Freunde von Bambi fielen den rauchenden Ungeheuern zum Opfer, Fasane, Dachse, Füchse und kleinere Tiere. Aber da waren auch Menschen, die den Wald und seine Bewohner gern hatten, die spazierten durch die grüne Pracht, atmeten tief die frische Luft, freuten sich über die wunderschönen Blumen und Sträucher und blieben strahlend und mit großen, staunenden Augen stehen, wenn Bambi plötzlich vor ihnen stand. Mit diesen Menschen wollte Bambi

Freundschaft schließen. Unten im Tal, wo der klare Wildbach in einen kleinen Weiher floß, stand ein hübsches Häuschen. Dort lebte der Förster mit seiner Frau und ihrem Jungen Oskar. Diese drei meinten es gut mit den Tieren des Waldes, in strengen, eiskalten Wintern duftete immer frisches Heu in der Holzkrippe hinter dem Haus, für die Hasen lagen stets Möhren bereit, manches Tier freute sich über die Reste vom Mittagessen, die jeden Nachmittag in einer Schüssel auf hungrige Mäuler warteten, und Bambi hatte oft beobachtet, wie Oskar winzige, aus dem Nest gefallene Vögel großgezogen hatte.

Vorsichtig näherte sich das kleine Reh dem Haus, die Warnungen der Mutter, nie zu nahe an Menschen ranzugehen, dröhnten ihm in den Ohren, seine Nase zitterte vor Aufregung, seine Knie fühlten sich plötzlich ganz weich an, aber es setzte tapfer einen Fuß vor den anderen. Beim Gartenzaun angekommen, zögerte Bambi einen kurzen Augenblick, holte dann einmal tief Luft und drückte mit dem Kopf gegen die Gartentür, wußte es doch, daß diese nie verschlossen war. Und jetzt stand es bebend zum ersten Mal nur wenige Meter von einem Haus entfernt. Sein kleines Herz schlug rasend schnell, aber es wollte hier stehenbleiben, was immer auch passieren sollte.

Oskar war der erste der Familie, der das Reh im Garten bemerkte, er sprang wie vom Blitz getroffen vom

Mittagstisch auf, stürzte zur Haustüre, wollte sie gerade aufreißen,
als ihm noch rechtzeitig einfiel, daß
er damit das scheue Tier nur er-
schrecken würde. Vorsichtig, Spalt
für Spalt, öffnete er die schwere
Holztüre, beim leisesten Knarren
hielt er sofort in der Bewegung in-
ne, auf Zehenspitzen näherte er
sich dem kleinen Reh, das noch immer, scheinbar ruhig, auf demselben
Fleck wie angewurzelt stand. Der
Abstand zwischen den beiden wurde
immer kleiner, sie schauten sich tief
in die Augen und waren schon
Freunde, noch bevor Oskars Hand
liebevoll über Bambis Fell streichelte. Die Angst im kleinen Rehherzen
war wie weggeblasen, es rieb seinen
Kopf am Hosenbein des Jungen, und
beide waren einfach glücklich.

Was für ein herrliches Gefühl, endlich, nach so langer Zeit, wieder einen Freund zu haben. Bambi und
Oskar verlebten wunderbare Wochen, sie spielten von morgens bis
abends Verstecken und Fangen, sie
galoppierten wie Fohlen über die
Wiese oder kugelten eng umschlun-
gen wie ein Wollknäuel den Abhang
hinunter.

Es dauerte nicht lange, da bekamen
auch die neugierigen Zeitungsleute
in der Stadt Wind von dem kleinen
Reh, das keine Angst vor den Menschen hatte. Mit ihren Fotoappara-
ten strömten sie zum Försterhaus,
und Bambi wurde von Tag zu Tag
berühmter. Sein Bild zierte immer
öfter die Titelseiten der Zeitungen

und Illustrierten. Aber das kleine
Reh wurde immer trauriger, denn
die vielen Menschen machten den
Wald immer schmutziger, und die
Blumen am Wegesrand konnten vor
lauter Autogestank nicht mehr atmen und ließen ihre Köpfe hängen.
Eines Tages beschloß Bambi, etwas
dagegen zu tun. Wenn jemand acht-
los eine Zigarettenschachtel oder
das Butterbrotpapier auf den Wald-
weg warf, stubste ihn Bambi so
lange mit der Schnauze an, bis dieser den Abfall wieder aufhob und
ihn in einen der Papierkörbe steckte, die Oskar rund um das Försterhaus aufgestellt hatte. Kam jemand
mit dem Auto gefahren, versteckte
sich Bambi schnell hinter einer
Hecke, und Oskar erzählte den ent-
täuschten Leuten, daß das kleine
Reh Angst vor Autos hätte, sie sollen doch das nächste Mal zu Fuß
herkommen.

So kam es, daß die Autos am Waldrand abgestellt wurden, die Menschen spazierten zum Försterhaus,
unterwegs hielten sie Ausschau
nach großen und kleinen Tieren,
nach seltenen Waldblumen und
wohlschmeckenden Beeren. Was
war das immer für eine Freude,
wenn etwas Neues entdeckt wurde.
Der Wald strahlte von Tag zu Tag
schöner, die Menschen wurden
glücklicher, und eigentlich ist es
schade, daß uns nicht in jedem Wald
ein mutiges kleines Reh zeigt, wie
schön die Welt doch ist.

Der Stern von Bethlehem 1

Vor langer Zeit, als der liebe Gott im Himmel bekannt gab, daß bald sein Sohn geboren wird, freuten sich alle mit ihm. Natürlich muß so etwas gefeiert werden, und jeder bekam eine Aufgabe, damit das Fest auch wirklich gelingen würde. Dazu muß ich dir eine Geschichte erzählen, weil sie so hübsch ist, daß du sie unbedingt kennenlernen mußt. Das war so:

Oben am Himmel gab es einen klitzekleinen Stern, der eigentlich fast noch zu klein war, als daß man ihn auf der Erde hätte sehen können. Er war recht lustig und konnte noch nicht still an seinem Platz bleiben, sondern hopste und kugelte manchmal über den Himmel, daß die anderen Sterne warnend hinter ihm herfunkelten. Wenn alle Sterne so herumtollen würden, meinten sie, könnten sich die Menschen ja nicht einmal mehr auf die Sternbilder am Himmel verlassen. Seeleute und Wanderer würden sich nachts verirren, die Sterndeuter würden verrückt, und niemand fände sich mehr so richtig zurecht, wenn er jemand die Sterne zeigen wollte.

Der kleine Stern aber bemühte sich meistens nicht sehr lange darum, wirklich auf seinem Platz zu bleiben. Manchmal, wenn gerade eine Wolke unter ihm dahinsegelte, ließ er sich einfach fallen und plumpste ihr nicht selten direkt in die Nase. Die Wolke mußte dann niesen, und hatschi! bekamen die Menschen unter ihr einen Regenguß ab.

Eines Tages fiel der kleine Stern auf eine kleine Wolke, die deshalb ganz erschrocken wie ein junger Ziegenbock über den Himmel sprang. Das gefiel dem kleinen Stern, und er lachte und quiekte und konnte gar nicht wild genug hin und her hüpfen mit seiner Wolke.

Der kleine Stern freundete sich mit der kleinen Wolke an, und jedesmal, wenn er sie auf ihrer Reise um die Welt unter sich entdeckte, sauste er hinunter zu ihr, und sie tobten und purzelten am Himmel umher, daß es den großen Sternen und den großen Wolken manchmal wirklich zuviel wurde. Aber unten auf der Erde merkte niemand etwas davon. Nur manchmal sahen die Menschen einen goldenen Streifen über den Abendhimmel huschen, und sie sagten:

„Oh, seht mal, eine Sternschnuppe!"
In Wirklichkeit war das der kleine Stern, der manchmal ein bißchen Sternenstaub verlor, wenn er so herumtollte.

Manchmal, in sternklaren Nächten, hörten die Menschen ein silberhelles Lachen, aber sie meinten, es wären die Glocken vom Nachbarort, und sie kümmerten sich nicht weiter darum.

In Wirklichkeit war das der kleine Stern, der wieder einmal über seine eigenen lustigen Streiche lachen mußte.

Eines Abends wurde es plötzlich ganz still oben am Himmel, viel stiller noch als sonst. Das Himmelstor hatte sich nämlich geöffnet, und ein Engel war herausgekommen.

Die Sterne hatten keine Ahnung, was der Engel von ihnen wollte. Sie fühlten aber, daß es etwas sehr Wichtiges sein mußte, denn normalerweise kamen nur einmal im Monat die kleinen Engel, um die Sterne zu polieren, damit sie nicht verstaubten.

Dieser Engel aber ging ganz langsam durch ihre Reihen und betrachtete einen nach dem anderen ganz genau.

„Was willst du denn von uns?" fragte ihn der Mond.

Der Engel verschränkte die Arme vor seiner Brust und sagte so laut, daß alle Sterne es hören konnten:

„Bald wird Jesus geboren, Gottes Sohn. Ich habe die Aufgabe, den schönsten, hellsten und größten Stern auszusuchen, damit er über dem Stall in Bethlehem leuchten kann. Die Menschen warten schon sehr lange auf dieses Kind, und wir wollen jedem einzelnen zeigen, wo er es findet. Den Stern können sie von überallher sehen, er muß nur groß genug sein und besonders hell leuchten."

Da begannen die Sterne miteinander zu flüstern. Sie waren ganz aufgeregt und bemühten sich noch viel mehr, so hell und strahlend wie möglich auszusehen, denn natürlich wollte jeder über dem Stall von Bethlehem stehen, in dem Gottes Sohn geboren würde.

Der Engel ging weiter. Es ist gar nicht so einfach, den richtigen Stern zu finden, und er wollte wirklich den allerschönsten für das Jesuskind haben. Ja, alle Sterne hatten gehört, was der Engel da erzählt hatte - nur einer nicht: der kleinste. Der konnte es auch gar nicht gehört haben, weil er wieder mal mit seiner kleinen Wolkenfreundin unterwegs war. Als er schließlich am Morgen todmüde auf seinen Platz zurückkullerte, war er so voller Staub, daß man ihn kaum noch sehen konnte. Die Augen fielen ihm sofort zu, und er gluckste und kicherte beim Einschlafen so, daß die anderen Sterne ganz empört herübersahen.

Da kam doch dieser kleine Herumtreiber erst morgens auf seinen Platz zurück und hatte womöglich noch nicht einmal mitbekommen, was für wunderbare Neuigkeiten es gab. Das war ja überhaupt nicht auszuhalten!

Der kleine Stern merkte trotz seiner Müdigkeit, daß um ihn herum irgend etwas nicht in Ordnung war. Zuerst hörte er im Halbschlaf das Raunen der anderen Sterne, aber plötzlich war es so still, daß der kleine Stern erschrocken die Augen aufmachte. Mit einem Ruck war er hellwach, denn vor sich sah er zwei Füße, die in silbernen Sandalen steckten.

Du liebe Zeit! Das war ja ein richtiger, großer Engel, der da vor ihm stand! Der Engel hatte die Arme vor der Brust verschränkt und schaute sehr vorwurfsvoll auf den kleinen Stern herunter.

Der kleine Stern erhob sich und klopfte sich den Staub ab. „Sag' mal", begann der Engel, „wo kommst du denn eigentlich jetzt her? Du bist ja fürchterlich verstaubt und leuchtest überhaupt nicht mehr! Und überall sind Kratzer und Dellen! Ja schämst du dich denn überhaupt nicht?"

Der kleine Stern schüttelte den Kopf. Nein, er schämte sich eigentlich nicht. Es war doch gerade heute so schön gewesen mit der kleinen Wolke. Ja, und verstaubt und voller Kratzer und Dellen war er doch mindestens schon seit siebentausendzweihundertunddreizehn Jahren, das war ja nun wirklich nichts Besonderes mehr. Weil aber niemand um ihn herum auch nur leise kicherte und auch der rechte Fuß des Engels sehr ungeduldig auf und ab wippte, wurde der kleine Stern doch ein bißchen unsicher. Er schielte hinunter zu seiner Wolkenfreundin, die vor Verlegenheit ganz rot geworden war.

Der kleine Stern kam sich auf einmal sehr verloren und alleingelassen vor und zog vernehmlich die Nase hoch. Der Engel schüttelte verständnislos den Kopf. Sowas war ihm überhaupt noch nicht vorgekommen.

„Falls du es noch nicht mitbekommen haben solltest", sagte er jetzt und achtete sehr darauf, daß man ihm seinen Vorwurf auch wirklich ganz deutlich anhörte, „ich suche hier nach einem Stern, der schöner und heller und größer ist als die anderen. Gottes Sohn wird bald geboren werden, und der auserwählte Stern darf über seinem Stall stehen und mit seinem Leuchten den Menschen zeigen, wo sie das neugeborene Kind finden können, auf das sie so lange gewartet haben. Du dürftest für diese Aufgabe ja wohl nicht in Frage kommen."

Damit drehte sich der Engel um und ging weiter. Das heißt, er ging nicht, er schritt, damit jeder merken sollte, wie wichtig er die Aufgabe nahm, die er da bekommen hatte.

Der kleine Engel mußte sich setzen. Er hatte ganz weiche Knie bekommen. Natürlich wußte er, daß er sowieso niemals in Frage gekommen wäre, weil er ja der winzigste Stern am ganzen Himmel überhaupt war. Der Engel hatte vom größten Stern gesprochen, und der war nun wirklich ganz woanders zu finden als ausgerechnet hier. Der kleine Stern hatte den größten der Sterne oft gesehen, wenn er am Himmel umhergetollt war. Drüben, ganz hinten in der Ecke, wo der Himmel fast aufhört, da stand der große Stern.

Er war schon viele hunderttausend Jahre alt, und wenn die kleinen Engel kamen, um die Sterne abzustauben, hatten sie meistens keine Lust mehr, ihn auch noch sauberzumachen, wenn sie bei ihm ankamen. Er stand ohnehin ganz hinten, und keiner würde es merken, wenn man ihn nicht abwischte.

So verstaubte der große, schöne Stern immer mehr, bis man ihn gar nicht mehr sah und dann ganz vergaß.

Wenn aber der kleine Stern manchmal vom vielen Herumtollen müde war und zu weit weg von seinem Platz, und wenn dann schon der Morgen heraufkam und die anderen Sterne schlafen gingen, dann kuschelte er sich gern an seinen großen Freund, um ein paar Stunden zu schlafen, bevor er sich wieder auf den Weg zu seinem Platz machte.

Manchmal hatte die kleine Wolke Mitleid mit dem großen, staubigen Stern und wischte ihn ein bißchen ab. Aber sie war eben doch ziemlich klein und schaffte es nie, ihn richtig sauber zu kriegen. An diesen Stern dachte der kleine Stern jetzt, und wäre es nicht schon ganz hell geworden inzwischen, er wäre dem Engel nachgelaufen und hätte ihm seinen großen Freund gezeigt. So blieb ihm aber nichts anderes übrig, als auf den Abend zu warten.

Aber der Himmel ist ja nun sehr groß, und es ist nicht so einfach, da jemand zu finden. Obwohl der kleine Stern den Engel die ganze Nacht über suchte, konnte er ihn nirgends entdecken. Außerdem gab es lustigere Dinge als diese Sucherei, und bald hatte der kleine Stern vergessen, was er dem Engel sagen wollte.

Der Stern von Bethlehem 2

Wenige Tage vor dem Heiligen Abend kamen ganze Heerscharen von kleinen Engelchen und kehrten und putzten den Himmel und die Sterne samt dem Mond so blitzblank, daß die Menschen unten auf der Erde sagten:

„Seht nur, wie schön der Himmel ist und wie klar und hell die Sterne leuchten!"

Das Sternchen hörte das, als es sich gerade in einem See spiegelte, und da fiel ihm wieder ein, was der Engel erzählt hatte, und es huschte, so schnell es konnte, zum Himmelstor.

Dort pochte es so lange gegen das Holz, bis Petrus endlich aufmachte und verärgert lospolterte:

„Bist du verrückt geworden? Warum bist du nicht an deinem Platz?

Was willst du denn hier?" Atemlos erzählte das Sternchen von seinem großen Freund, aber Petrus schüttelte den Kopf.

„Zu spät", sagte er. „Der Engel hat keinen richtig großen Stern gefunden und wird deshalb drei der größten über den Stall von Bethlehem stellen. Du hättest früher kommen müssen, wir können doch nicht nochmal von vorne anfangen."

Das Sternchen ließ traurig den Kopf hängen und ging betrübt weg. Es war sehr böse auf sich selbst, weil es dem großen, alten Stern so sehr gegönnt hätte, einmal eine so schöne Aufgabe erfüllen zu dürfen. Der kleine Stern ging zu seiner Wolke, setzte sich traurig mitten hinein und erzählte ihr, was geschehen war.

Die Wolke segelte mit ihm in die hintere Himmelsecke, wo der große Stern noch immer still herumstand. Die Engelchen hatten ihn auch diesmal nicht saubergemacht, weil er inzwischen schon so dreckig war, daß sie Stunden gebraucht hätten, um ihn einigermaßen auf Hochglanz zu bringen.

Er hatte auch nichts von der Suche nach dem schönsten und größten und hellsten Stern gehört und wenn, wäre ihm bestimmt nicht eingefallen, daß er das sein könnte.

Die Wolke und der kleine Stern saßen nachdenklich vor dem Staubhaufen in der Himmelsecke, unter dem doch so ein wunderschöner Stern steckte und wußten nicht so recht, was sie jetzt tun sollten.

Da hatte die Wolke eine Idee. Schnell eilte sie zurück zu den anderen Wolken und erzählte ihnen die ganze Geschichte. Die Wolken hatten zwar nie gemocht, daß ihre kleine Schwester so übermütig mit ihrem Sternenfreund den Himmel durcheinanderbrachte, aber jetzt war etwas anderes sehr viel wichtiger. Schneller als der Wind flogen sie zu dem großen Stern und begannen, ihn abzuwaschen, abzutrocknen und zu polieren.

Dann nahmen ihn die großen Wolken auf ihren Rücken und brachten ihn zu dem Stall von Bethlehem, in den im selben Augenblick Maria und Josef hineingingen.

Niemand, nicht einmal die anderen Sterne konnten sehen, was da in den dicken Regenwolken steckte, die jetzt den ganzen Himmel bedeckten. Der Engel, der für die Sterne verantwortlich war, erschrak fürchterlich, als er die Regenwolken sah, die seinen wunderschönen Festtagshimmel einfach zuhängten.

Aber weil alle Engel schon ihr bestes Kleidchen angezogen hatten und bereitstanden, um dem Jesuskind ihre Lieder zu singen, war auch niemand mehr da, der die Wolken hätte wegkehren können. Und der Engel wußte auch nicht, wohin er seine drei Sterne stellen sollte, weil er vor lauter Wolken den richtigen Platz nicht fand.

Du kannst dir sicher vorstellen, was das für eine Aufregung war. Dann war es plötzlich still. Der Erzengel Gabriel verließ den Himmel, um zu verkünden, daß Gottes Sohn geboren sei.

In diesem Augenblick teilten sich die Wolken und zogen sich ganz an den Himmelsrand zurück, und genau über dem Stall zu Bethlehem stand strahlend und groß und wunderschön der hellste Stern, den man jemals gesehen hatte. Es war so still geworden, daß alle zum Himmel hinaufsahen, und das kleine Jesuskind lächelte dem Stern zu.

Da freute sich der große Stern sehr, und er strahlte noch schöner und heller als zuvor, und die Menschen kamen von überall herbei, weil sie wissen wollten, was es unter ihm zu sehen gab.

Und sie fanden den Stall und Maria und Josef, den Ochsen und den Esel - und Gottes Sohn, der in einer Krippe lag, in Windeln gewickelt, wie man es ihnen lange, lange vorher schon erzählt hatte.

Oben am Himmel herrschte viel Freude, und auch der Engel, der für die Sterne verantwortlich ist, freute sich mit, daß alles noch besser gelungen war, als er es sich gedacht hatte.

Der kleine Stern hüpfte und tanzte vor Vergnügen von einer Himmelsecke in die andere, und über den ganzen Himmel hörte man sein Lachen.

Als der Mond mahnend den Finger heben wollte, schüttelte Petrus lächelnd den Kopf.

„Laß ihn nur", sagte er. „Er hat allen so viel Freude bereitet. Eines Tages wird er von allein ruhiger, und bis dahin soll er fröhlich sein und spielen und herumtollen wie alle Kinder."

Manchmal, so um Weihnachten herum, steht oben am Himmel eine kleine Wolke, und gleich daneben sieht man einen klitzekleinen Stern. Wenn man dann genau aufpaßt, kann man ein helles Lachen hören, das zwischen den Weihnachtsglocken klingt. Manchmal sieht man auch einen hellen, goldenen Streifen am Himmel, den die Menschen immer noch Sternschnuppe nennen. Du weißt jetzt, was das alles zu bedeuten hat - denn solange es Kinder gibt auf der Welt, wird es auch den kleinen Stern geben. Und solange er klein ist, darf er auch fröhlich und ausgelassen sein wie ein Kind - das hat Petrus versprochen.

Du weißt natürlich auch, daß diese Geschichte ein Märchen ist, wie die anderen Geschichten in diesem Buch auch. Es gibt sehr viele Geschichten um den Stern über dem Stall von Bethlehem, aber das hier war die schönste, die wir gefunden haben.

Peter Nüesch

1949 im St. Galler-Rheintal in der Schweiz geboren, verbrachte dort eine harmonische Kindheit, die vorwiegend aus dem Stoff bestand, den die heutige Jugend kaum noch kennt: Phantasie. Es ist wahrscheinlich, daß schon damals beim Spielen auf dem „Abenteuerspielplatz" Bauernhof der Wunsch keimte nach einem Beruf, dessen Grundvoraussetzung die Phantasie ist.

Sein besonderer Draht zu Kindern bestimmte die ersten Berufsjahre, als Lehrer nutzte er die Möglichkeit, ungeliebte Fächer wie Mathematik oder Biologie spielerisch an den Mann bzw. Schüler zu bringen.

Höhepunkt eines jeden Schuljahres war die Aufführung eines in der Schulaula erarbeiteten Kindermusicals mit zwei- bis dreihundert Mitwirkenden.

Inzwischen pochte das Theaterblut so hartnäckig, daß der Wechsel vom Klassenzimmer auf die Bühne weniger ein Einschnitt war als vielmehr eine Selbstverständlichkeit, zumal er in seinem neuen Beruf noch mehr Kinder als bisher erreichte.

Seine Bühnenbearbeitungen bekannter Vorlagen, wie z. B. „Das Dschungelbuch", „Der kleine Prinz" oder „In 80 Tagen um die Welt", wurden von der Kritik mit dem Prädikat „Lockerungsübungen der Phantasie" ausgezeichnet.

Nach fast 20jähriger, sehr vielseitiger Theaterarbeit als Schauspieler, Regisseur, Sänger, Tänzer, Kabarettist und Autor hat sich Peter Nüesch den Traum vom eigenen kleinen Theater in Regensburg erfüllt. Er spielt dort und überall unterhaltsames Theater, das Emotionen zeigt und auslöst. Theater, das ihm, aber vor allem dem Publikum Spaß macht.

Dieses Buch entstand aus seinem Bedürfnis heraus, alte Kinderbuchtraditionen neu zu entdecken und den Wunsch nach einfachen, schönen Bildern und Geschichten zu befriedigen - ein Wunsch, den hoffentlich viele Eltern und Kinder mit ihm teilen.

Carmen Mayer

Ich bin die Carmen Mayer - das heißt, als ich am 1. Juni 1950 in Mühlakker/Baden Württemberg geboren wurde, hieß ich noch Carmen Stierle und entstamme einer sogenannten Kaufmannsfamilie.

Schon während meiner Schulzeit schrieb ich gerne und gute Aufsätze und kleine Geschichten - am liebsten aber Comics über und um meine Lehrer (natürlich während des Unterrichts), die diese vermutlich deshalb konfiszierten, damit sie sie zu Hause in Ruhe lesen konnten ...

Als ich dann erwachsen und - inzwischen verheiratet - nach Ingolstadt in Oberbayern umgezogen war, verfaßte ich Gedichte und Kurzgeschichten, die zum Großteil auch veröffentlicht wurden.

Irgendwann, auf der Suche nach einem Vorlesebuch für unsere Kinder Sabine und Michael, beschloß ich, einfach selber Geschichten zu schreiben, die nicht nur „nett" sein, sondern auch etwas vermitteln sollten. Mit Peter Nüesch verbindet mich nicht nur eine außergewöhnliche Freundschaft, sondern von Anfang an auch die Idee zu einem Kinderbuch, und so kam es, daß wir zusammen an unseren Geschichten schrieben, die Sibylle Beuttner so unvergleichlich in Zeichnungen umzusetzen verstand. Es würde mich kein bißchen wundern, wenn Ihr beim Lesen, Vorlesen oder Zuhören so viel Spaß hättet, wie wir bei den Vorbereitungen zu diesem Buch.

Bedanken möchte ich mich an dieser Stelle bei meiner Familie, die ergeben ertragen hat, daß ich mitten im heißesten Sommer von Eis und Schneeköniginnen erzählte, während draußen Badewetter lockte und in der Küche das Essen kalt blieb. Bei den Eltern und Erzieherinnen einiger Kindergärten, die unsere Geschichten probe-vorlasen und so begeistert waren, daß sie sich weigerten, sie wieder herauszurücken. Bei den Kindern, die kritisch zuhörten und uns ihre uneingeschränkte Zustimmung gaben. Bei meinem Vater, der die Manuskripte gewissenhaft durchlas und korrigierte, leider aber das fertige Buch nicht mehr kennenlernen wird. Bei der kleinen Patientin in der Kinderabteilung des hiesigen Krankenhauses, die mir die Idee für eine der Geschichten gab. Und an Peter und Sibylle, die sich beide so viel Mühe machten und noch machen, damit möglichst viele große und kleine Leute wenigstens vierundzwanzig Tage im Jahr Zeit füreinander finden, und mit uns zusammen Spaß und Freude an unserem Buch haben können.

Übrigens - ich würde mich sehr freuen, wenn Ihr uns über den Verlag schreibt, wie Euch das Buch gefallen hat, oder wenn Ihr uns wenigstens die Bilder schickt, die Ihr zu unseren Geschichten malt. Ich beantworte alle Briefe - Ehrenwort.

Sibylle Beuttner

Reutlingerin, Jahrgang 38.
Vater Kunstmaler und Kunsterzieher am dortigen Gymnasium, Mutter Konzertsängerin.

Nach dem Tod des Vaters in Stuttgart zunächst Ausbildung in einem „vernünftigen Beruf" als Schaufenstergestalterin. Trotzdem war der Drang zum Theater nicht länger zu unterdrücken, daher nebenbei Schauspielunterricht und anschließend verschiedene Engagements.
Viele Theater freuen sich, wenn Schauspieler auch noch andere Fähigkeiten besitzen, so entwarf sie nebenbei Plakate, illustrierte Programmhefte, Werbezettel und Theaterzeitungen.

Um vielseitiger sein zu können, besuchte sie in der Sommerakademie an der Kunstschule in Schluchsee zwei Semester in den Fächern Radierung und Pastell.
Am Pfalztheater Kaiserslautern kam es zur Begegnung mit Peter Nüesch, der im Feinschmeckerlokal „Foyer" mit großem Erfolg einige Ausstellungen mit ihren Künstlerpuppen und Zeichnungen startete.
Eines Tages rückte er mit einem Manuskript und der „harmlosen" Frage an, werinallerweltsowaswohlillustrierenkönnte? Es war „Liebe auf die erste Seite" - und so entstanden die Zeichnungen zu diesem Buch.